Y LUEGO GANAS TÚ

ANDREA COMPTON · JAVIER RUESCAS
MARÍA HERREJÓN · JEDET SÁNCHEZ
MANU CARBAJO

Y luego ganas tú

Cinco relatos contra el *bullying*

Coordinación **Javier Ruescas**

NUBE **DE TINTA**

El papel utilizado para la impresión de este libro ha sido fabricado a partir de madera procedente de bosques y plantaciones gestionadas con los más altos estándares ambientales, garantizando una explotación de los recursos sostenible con el medio ambiente y beneficiosa para las personas. Por este motivo, Greenpeace acredita que este libro cumple los requisitos ambientales y sociales necesarios para ser considerado un libro «amigo de los bosques». El proyecto «Libros amigos de los bosques» promueve la conservación y el uso sostenible de los bosques, en especial de los Bosques Primarios, los últimos bosques vírgenes del planeta.

Primera edición: junio de 2017

Printed in Spain – Impreso en España

ISBN: 978-84-16588-31-2
Depósito legal: B-8.677-2017

Compuesto en La Nueva Edimac, S. L.

Impreso en Romanyà Valls, S. A.
Capellades (Barcelona)

NT 8 8 3 1 2

Penguin
Random House
Grupo Editorial

Cuenta la leyenda que hace mucho, mucho tiempo, un banco de carpas luchaba por remontar el gran río Amarillo. En su camino se encontraron con todo tipo de adversidades: una fuerte corriente, cataratas tan altas que se perdían en el cielo, demonios que trataban de disuadirlas de su empeño, animales que se burlaban por su inútil esfuerzo…

Con el tiempo, muchas se quedaron en el camino y se dieron por vencidas. Era más fácil desistir y dejarse arrastrar por la fuerza del río que seguir luchando. Y así lo hicieron. Pero hubo una, con el lomo de vivos colores, que siguió avanzando río arriba, sin descanso. Hasta que, con un último salto, superó la catarata conocida como la Puerta del Dragón.

Y al hacerlo, su cuerpo de pez se transformó en el de un poderoso dragón.

Por eso este tipo de carpa, los koi, representan la perseverancia, la sabiduría, el valor y el esfuerzo. Porque las adversidades siempre están ahí, pero solo se recuerda a quienes lucharon contra ellas y no se perdieron en el camino.

Nunca más

Andrea Compton

Estoy aterrorizada.

Es la primera vez que viajo fuera del país sola. Mi familia está conmigo celebrando que me voy, y yo lo único que quiero decirles es que no, que me quedo aquí, que me he precipitado; que en realidad no es para tanto lo que ha ocurrido, puedo superarlo todo aquí, en casa, en Madrid, con ellos. «Ya soy mayorcita», me digo una y otra vez. Pero no hay vuelta atrás, toda mi familia ha puesto un poquito de dinero para que me vaya a Brighton a aprender inglés. «¡Lo puedo aprender en casa, creo que tengo aún guardados los VHS de *Magic English*!», quiero decirles. Pero no lo hago.

Tengo que ir. Se lo debo a todos. He insistido mucho en este viaje, en irme sola, en lo mucho que necesito conocer nueva gente. Y al final mi deseo se ha hecho realidad. ¡Bien! Lo tengo que hacer, a pesar del vértigo que siento. Y si no, haberlo pensado antes, Andrea, que el avión sale en unas horas.

No creo que haya sido una niña mimada, ni tampoco que me hayan protegido en exceso. Es verdad que siempre han esperado lo máximo de mí. Nada de medias tintas. O todo o nada. Fui la primera de todos los primeros en llegar a esta peculiar y extraordinaria familia y la que tiene que ir abriendo camino al resto. Pero no, definitivamente nunca me han dado más que al resto, ni yo lo he esperado. Quizá por eso la presión que siento ahora para no decepcionarles hace que me intimide tanto este viaje. Fue mi decisión, tocaba apechugar.

Cuando me dejaron en el aeropuerto ese día, no paraba de llorar, me costó mucho despedirme de todos. «Ten cuidado. Nos llamas en cuanto puedas, ¿eh? Verás qué bien lo pasas, boba.» Pero en cuanto me quedé sola y me abroché el cinturón de seguridad, recordé por qué me quería marchar: necesitaba hacer algo por mí misma. Quería dejar de sentirme perdida. Sabía lo que me gustaba: la fotografía. Pero no lograba imaginar cómo, en el futuro, eso podía llegar a convertirse en un trabajo. Tampoco en cómo podía hacerme feliz. La gente se aprovechaba de mí, otra tanta se burlaba sin motivo y muchos me decían: «No vales».

Todos mis amigos han sido siempre más independientes que yo: han viajado y han tenido mil trabajos de canguros, en cafeterías, dando clases a niños... Yo no. Yo siempre he estado con mi cámara, mis libros y mis series. Siempre me he refugiado en la «vida» de otras personas, bien a través de la cámara o bien al creerme que formaba parte de las historias de las series que veía. Al menos ahí me sentía protegida. Segura. Esa era mi zona de confort. Qué irónico: siempre otra realidad, la que no era mía. Y eso tenía que cambiar. Y como decía mi madre: ya era hora de que empezara a comerme el mundo. Y si para ello tenía que aprender otro idioma, pues se hacía y punto.

Cuando llegué a Londres era de noche. Y eso que apenas eran las ocho de la tarde. Por un instante volví a sentir las ganas de darme la vuelta y regresar a España. ¿Qué estaría haciendo ahora mi madre? ¿Y mis amigos? No sabía si escribirles ya para decirles que había llegado o mejor esperar a estar en la residencia. Ahora me arrepentía de no haber cogido un vuelo más temprano para perderme de día. Había querido retrasar tanto el momento que no pensé en las consecuencias. Olé tú, Andrea.

Y solo había hecho la mitad del viaje. Del aeropuerto tenía que ir a la estación y de allí a Brighton. Las señas de la residencia las tenía apuntadas en el móvil, con el resto de datos para no perderme. Haciendo alarde de mi inglés más chungo, pregunté cuál era el andén en el que tenía que esperar el tren que me llevaría a mi hermoso pueblecito al sur de Inglaterra. Por suerte, tan mal no debí de hacerlo porque me entendieron, me indicaron y, en efecto, unos minutos después ya estaba de camino a Brighton. Dos horas más tarde, llegaba a mi destino.

Y en mi destino aún era más de noche. Pero yo, que siempre me he creído la Lara Croft del lugar, decidí arriesgarme y seguir mi instinto. Y no sé cómo lo hice pero, oye, llegué. A mitad de ninguna parte, sí. Pero llegué. Porque la residencia estaba allí: en mitad de unos prados con casas bajas.

Cuando entré, no había nadie y hasta me costó encontrar la recepción. Allí, un hombre mayor, de pelo blanco y acento difícil de entender me indicó que mi habitación estaba en el tercer piso. Por desgracia, el número se me escapó por completo y me daba vergüenza volver a preguntarle, así que no me quedó otra que ir probando las cuarenta puertas de esa planta hasta dar con la mía.

De camino allí, pasé por el salón y la cocina común donde, para mi sorpresa, aún había levantados un buen grupo de españoles que hablaban animadamente entre ellos. Pero yo me limité a saludar con timidez, todavía con la maleta a cuestas, y a meterme en mi cuarto. Toda la tenacidad que me había llevado hasta allí se había vuelto a esfumar. Como en el aeropuerto.

Una vez sola, me senté en la cama y tomé aire para tranquilizarme. Siempre me ha costado mucho hacer amigos. De pequeña pasaba mucho tiempo con mis yayos, dibujando, y no era muy habladora. A los cuatro años me fui a vivir a un pueblo de quince habitantes, de los cuales solo dos eran de mi edad. ¡En todo el valle! Y hasta que entré en primaria me limitaba a jugar con mis muñecos y a trepar por las ruinas del pueblo. De ahí mi complejo de Lara Croft.

Por un lado, me sentía avergonzada por no haber aprovechado para saludar con más calma al resto de compañeros con los que tendría que convivir las próximas semanas. Pero, por otro, ¿qué podía hacer ya? ¿No quedaría raro si iba de nuevo y les volvía a saludar? Además, muchos ya se conocerían de antes. O llevarían ya semanas en Brighton. ¡Y yo iba cargada! Era normal que quisiera deshacer la maleta antes de nada, ¿no? Sí. Bueno, no estaba segura.

Andrea, calma.

Me obligué a no rayarme por tonterías, como siempre hacía. Había viajado por una razón, y este era un buen momento para empezar a cambiar las cosas que no me gustaban de mí. Así que me concentré en la emoción de la aventura que acababa de empezar y disfruté de la sensación de tener, por primera vez en toda mi vida, una habitación que me perteneciera solo a mí. Que pudiera decorar como quisiera y con los pósteres que me diera la gana. Era como mi primera casita, pero reducida a diez metros cuadros, un armario, un escritorio y una cama individual estupenda.

Más tranquila, dejé la maleta, mandé un mensaje a mis padres y después fui al baño para arreglarme un poco el careto de espanto que traía del viaje. A continuación, me armé de valor y salí dispuesta a hacer amigos.

Pero al llegar al salón común, ya no había nadie. Así que me quedé con cara de tonta mirando la cocina y me acordé de que tampoco había comprado nada para comer ni para beber. ¿Por qué la vida no me lo ponía un poquito más fácil todo?

Me desperté a las seis de la mañana, pero me quedé en la cama remoloneando hasta la hora que nos habían dicho que teníamos que estar en la puerta de la residencia. Sin haber comprado nada para desayunar, preferí esperar en mi cuarto hasta que llegara el autobús que nos llevaría a la escuela de inglés con las tripas rugiéndome de hambre. Cuando finalmente llegó, me subí al autobús sin decirle nada a nadie y me senté al fondo, sola. El valor de la noche anterior había vuelto a esfumarse.

Lo primero que hice en cuanto llegamos fue escaparme a un súper que había al lado a comprar algo para comer. Engullí un bollo y una magdalena de golpe y, aún masticando, me metí en la clase donde me harían la prueba para determinar mi nivel de inglés y saber a qué curso asignarme.

Acabé con los que solo podían decir «hola» y «adiós».

Yo sabía más. Siempre he visto las series en versión original subtitulada y he escuchado mucha música en este idioma, pero supongo que la vergüenza se había apoderado de mí una vez más y no había sido capaz de defenderme. Pero no pasaba nada. Ya tenía clase y estaba todo bien. Ahora solo tenía que aprender y juntarme con gente de otros países. Ese era el mantra que me decía una y otra vez.

Sin embargo, resultó que todos mis compañeros eran españoles e italianos, así que lo de practicar me daba a mí que se limitaría a las respuestas que diera a los profesores.

Empezaron por lo más básico: los colores y los números. Pero ni por esas lograba concentrarme. Lo único que me preocupaba era que llegara el momento de decirle hola a alguien y no sentirme rechazada por un grupo que probablemente ya se hubiera formado hacía meses.

Terminaron las clases sin éxito alguno, volví al supermercado a por algo más de comida y pregunté por un autobús que me llevara al centro de la ciudad. Se me había ocurrido una idea.

Diez minutos más tarde, entraba en el centro comercial de Brighton, directa a la sección de discos y películas, donde me pasé horas buscando alguna que tuviera subtítulos en español. Recuerdo que encontré *La cruda realidad*, la cuarta temporada de *Mujeres desesperadas* y un par de películas de Zac Efron. Me las pillé todas. Después hice una compra de comida más general. Fui a lo fácil: cosas rebozadas y que fueran fáciles de cocinar. Cuando lo tuve todo, esperé el autobús y, cargada de bolsas hasta arriba, volví a la residencia. A mi refugio.

Y así fueron los primeros días: iba a clase, comía, me metía en mi habitación y me quedaba hasta tarde viendo series y películas. La verdad es que me sentía feliz. Probé cosas que no existían en España y además descubrí películas y series que no había visto nunca. Aunque no era el tipo de experiencia que había imaginado, me lo pasaba bien y le decía a mi familia que estaba fenomenal.

Recuerdo el primer ordenador que me regaló mi padre, tenía unos doce años. Era un Mac con disquetera que me parecía lo último en tecnología. Recuerdo que iba a Madrid, a su casa, que tenía internet, y me descargaba mil fotos de

Avril Lavigne, Simple Plan, Green Day, Leonardo DiCaprio... Las metía todas en el disquete y me lo llevaba al pueblo. Aprendí a utilizar el Word y decidí crear el primer magazín adolescente del pueblo. Para qué engañarnos, era una burda copia de la *Super Pop*, con sus tests, su sección de cotilleos, la lista de mejores películas, opiniones sobre los discos que estaban de moda. Incluso me inventaba un regalo y lo pegaba con celo en la portada. Después me iba por todo el pueblo vendiendo la revista por veinticinco pesetas. Sé que la gente la compraba por hacerme el favor, pero no sabían lo feliz que me hacían con ese sencillo gesto.

La razón por la que había elegido Brighton era porque estaba a dos horas de Londres en tren y me había propuesto ir todos los fines de semana que pudiera. Así que, el primer sábado libre, como soy una mujer de palabra, me dirigí a la estación y compré un billete de ida y vuelta para la ciudad. En el trayecto fui leyendo y cuando llegué a Kings Cross me emocioné: estaba sola en una ciudad que había soñado visitar miles de veces y podía recorrerla entera sin prisa.

Estuve por Piccadilly Circus, por Camden Town, vi el London Eye, el Big Ben, comí en un Subway para no tener que entrar en un restaurante normal y explicarle al camarero lo que quería comer... Allí también aproveché para comprarme unas buenas películas que aún no tenía y sentí que mi día estaba completo cuando encontré muchas de Ewan McGregor que no había visto. De vuelta a Brighton, me metí en mi habitación y allí me quedé hasta el día siguiente.

El domingo por la mañana tenía demasiados personajes e historias mezclados en mi cabeza, así que decidí ir al salón a prepararme la comida y a despejar la mente. Allí me encontré con un par de chicas que iban a mi academia y con las que nunca había hablado. Las saludé y seguí a lo mío. Cuando estaba terminando y me disponía a fregar los platos, entró el que parecía ser el gracioso del grupo y, mientras me preparaba las cosas, escuché como les contaba sus aventuras del día. Pensaba volverme a mi cuarto, pero en ese momento oí mi nombre y me volví rápidamente por si habían sido imaginaciones mías. No lo había sido: querían que me uniese al botellón que organizaban esa noche en el salón.

Tardé unos segundos en reaccionar, pero al final respondí que sí, que claro, que yo encantada. Y me quedé un rato hablando con ellos, tratando de ocultar la emoción que sentía por dentro. Se llamaban Alberto, Sonia y Elena. Hablamos de los italianos, de qué italiana estaba más buena, de qué italiano era más idiota, de qué profesor enseñaba menos cosas y de cuantísimos españoles había en la escuela... Después nos despedimos para irnos a duchar, a hablar por Skype con nuestras familias, y quedamos en vernos para cenar y tomar algo por la noche en el salón.

¿Quién me iba a decir que mientras fregaba los platos conocería a un grupo de chicos y a tener un plan distinto? Igual lo estaban haciendo por no quedar mal conmigo o igual no. En cualquier caso, no importaba: si me aburría o me sentía fuera de lugar siempre podía volver a mi habitación con mis películas, que todavía me quedaba alguna de Katherine Heigl sin ver.

Llegó la noche y yo ya estaba lista y emocionada. Me había puesto unos vaqueros, camiseta de estar por casa, un poco de antiojeras y otro poco de *eyeliner*. Nada fuera de lo normal. Cuando llegué al salón, ya estaban allí los tres, que me saludaron de manera efusiva y me preguntaron por el alcohol que había llevado. Yo no he sido nunca muy de beber. Si acaso un tinto de verano de vez en cuando. Pero en Inglaterra un brik de litro cuesta diez euros, así que preferí tomar una Coca-Cola y punto.

¡Casi me matan al oírlo! Que cómo iba a beber solo un refresco. Que no fuera tonta. Que ellos me daban del suyo. Me ofrecieron ron, y yo, aunque no me negué, les pedí que no me lo cargaran demasiado. Empezamos a cenar mientras tomábamos algo y fueron llegando otros chicos: un par de italianos, un turco y tres españoles más.

Nos pasamos la noche hablando e intentando que el turco entendiese algo de lo que decíamos en un *spanglish* muy chungo. Al final las historias de Alberto, pese a parecer sacadas de la sección «Tierra Trágame» de la *BRAVO*, me resultaban graciosas y era él quien mantenía al grupo unido en la conversación.

Empezamos a contar todos batallitas típicas de profesores, de novios, novias hasta que nos dieron las mil. Las dos chicas, Sonia y Elena, se conocían de antes, por eso siempre iban juntas. La italiana era un encanto. El italiano enseguida nos quedó claro que estaba loco y el otro español, Guille, aunque menos escandaloso que el resto, me parecía muy simpático. Yo siempre he destacado por ser la «rara». Término que sigo sin comprender muy bien. ¿Qué es ser raro? ¿Ser callada? ¿Disfrutar viendo series? ¿Que quiera tener todos los cromos de las Spice Girls para completar mi álbum? ¿Jugar a la Play durante horas?

Eso no era lo único que hacía: salía, jugaba en la calle, salía con los de mi pueblo cuando llegaba el verano. Pero por alguna razón que desconozco, siempre he sentido que estaba como en otra categoría. En otra posición. Y que por eso me miraban diferente sin entender el porqué. Sin embargo, por primera vez en mi vida, me encontraba en un grupo que se portaba bien conmigo, sin creerse ni más ni menos, compartiendo anécdotas y riendo. Y me lo pasé tan bien... Hasta entonces no me di cuenta de la cantidad de tiempo que había transcurrido desde la última vez que me había reído tanto. Esa noche me fui a la cama feliz y con la sensación de que tenía un nuevo grupo de amigos.

A la mañana siguiente nos reunimos abajo a esperar el autobús mientras rememorábamos la noche anterior como si fuese *Resacón en las Vegas* y fuéramos amigos de toda la vida. Me monté en el autobús y en vez de ir sola, en esta ocasión Guille se sentó a mi lado.

Me daba rabia no coincidir con ellos en ninguna clase, pero bueno, ahora que veía a mis compañeros con otros ojos, no estaba tan agobiada. Y además, para suerte mía, ya habíamos superado los nombres de las partes del cuerpo, así que igual un día de estos aprendía algo nuevo que no supiera.

Cuando salimos, nos fuimos a comer algo todos juntos. Nos dirigimos al centro comercial y compramos comida y bebida. Encontré un tinto de verano con muy mala pinta, pero por cuatro euros. Así que me hice con él sin pensármelo dos veces para futuras fiestas.

Nos fuimos tarde a la residencia, cenamos juntos, jugamos al Jungle Speed: un juego salvaje con el que casi nos matamos porque consiste en coger un tótem de madera si coincide tu carta con la de otra persona, y nos reímos sin parar. Cuando me metí en la cama y estaba a punto de dormirme, me di cuenta de que no había comprado ninguna película esa tarde y de que ese día no me quedaría dormida viendo una serie.

Ya estábamos a viernes y, como cada semana, tocaba ir a Londres. Pero en esa ocasión les dije a mis amigos que podríamos ir juntos. Y, por supuesto, dijeron que sí. Compramos los billetes al salir de clase y nos fuimos a pasar la tarde y a cenar por allí.

Entramos en las tiendas clásicas de guiris: M&M, Ferrari, Disney Store, etc. Cenamos *fish and chips* y de paso encontramos unas entradas superbaratas para un musical que al parecer llevaba siglos en cartelera. Sinceramente, no entendí nada de lo que pasó en toda la obra porque hablaban muy rápido, pero debía de ser gracioso porque la gente no paraba de reírse. Algunos querían quedarse en la ciudad y reservaron un hotel para una noche, pero Karim, Guille y yo estábamos sin un duro, así que regresamos a Brighton con el último tren.

Antes de separarnos, Guille nos dijo que él regresaría a España el próximo domingo y que había pensado organizar una fiesta en el salón comunitario e invitar a los del piso de abajo para hacerla más grande. Todos dijimos que nos parecía genial, por supuesto, aunque yo me quedé bastante chafada porque Guille era con quien más había conectado.

Ya en el tren, Karim decidió ponerse los cascos y nos dejó a nosotros con la charla. Aprovechamos para hablar mucho más que de costumbre. Guille me contó que apenas había avanzado en el idioma, que había pedido que le subieran de nivel pero que había sido imposible, que su padre lo mataría por no volver con un buen inglés... Yo le dije que tampoco se agobiara. Que en cuatro semanas, como mucho, podías llegar a hablar un inglés tan limpio como el de Sofía Vergara en 1999.

Por mi parte, le conté a qué me dedicaba, que me encantaba la fotografía, le enseñé mi web con el wifi chungo del tren y nos echamos unas risas con otras anécdotas hasta que llegamos a la residencia, nos despedimos y nos fuimos a dormir.

Me encantaba ese nuevo grupo de amigos. Tenía la sensación de que al volver a Madrid nos veríamos a menudo y haríamos quedadas de vez en cuando. Incluso Karim dijo que se apuntaba a venir algún finde con nosotros a España. Molaba tener un grupo de amigos tan diferentes y ya podía imaginarme lo genial que sería celebrar mi cumpleaños con ellos en un par de semanas. Iríamos a alguna discoteca cutre con moqueta de Brighton y beberíamos vino malo por el centro mientras cantábamos canciones de *Operación Triunfo*.

El sábado por la mañana hubo un cambio de última hora para el cumpleaños. Elena y Sonia llegaron a la residencia con unos *flyers* de una discoteca de Brighton desternilladas porque la fiesta se llamaba «Perrea Perrea Brighton, pa los papasitos y mamasitas». Así que no fue difícil convencer a Guille para hacer su despedida allí. Y a las diez de la noche ya estábamos camino de la discoteca, con nuestras esperanzas puestas en esos temazos de *reggaeton* tan chungos que nos pondrían. Bebimos un poco de vino antes de entrar y a la hora ya estábamos como locos bailando al son de «a ella le gusta la gasolina, dale más gasolina». No entendía por qué los ingleses disfrutaban tantísimo con estas canciones, pero era genial ver cómo se esforzaban por cantarlas sin saber qué decían, probablemente.

Guille no se separó de mí en toda la noche. Si le gustaba era algo que no sabía decir. De hecho, ni siquiera me lo había preguntado hasta esa noche. Tampoco estaba muy segura de si él me gustaba a mí. Siempre le había visto como un amigo de la pandilla. ¿Por qué complicar las cosas? Pero es que cada vez que alguna chica con copas de más se le venía encima, me hacía un gesto para que le rescatara y yo iba en su ayuda cual caballera para llevármelo a la barra a pedir unos chupitos que yo nunca me bebía. Bailamos muchísimo y unas horas después, antes de regresar a la residencia, nos fuimos todos a la tienda abierta veinticuatro horas a comprar unas pizzas porque nos moríamos de hambre.

Esperamos el autobús casi una hora y todos nos quedamos medio dormidos en la parada. Guille, por supuesto, estaba apoyado sobre mí haciéndome mimos mientras me decía que necesitaba dormir un rato antes de coger el avión. Eran las cuatro y a las seis tenía que salir de la residencia. Le dije que no se preocupase, que le ayudaría a hacer la maleta y me dio las gracias con un beso en la mejilla.

Menos mal que el conductor nos avisó de cuál era nuestra parada, porque íbamos tan fritos que nos la habríamos pasado seguro. Sin embargo, en cuanto nos atizó el frío de la calle, nos despejamos lo suficiente para subir un rato al salón para comentar la noche y hacer unas cuantas fotos de recuerdo. Fue en ese momento cuando me di cuenta de lo importantes que eran esas personas para mí y lo mucho que echaría de menos esos momentos cuando regresáramos a España.

Nos hicimos una última foto con mi móvil en la que salíamos todos sonrientes a pesar de nuestras caras de dormidos y nos pedimos los usuarios de Twitter para poder etiquetarnos. Fui pasando de uno en uno, apuntándolos a todos excepto a Sonia, que decía que eso de Twitter era un lío y un rollo, y que ojalá regresase Fotolog, hasta que llegué a Guille. Cuando le pregunté, me lo dijo tan bajo que no le entendí. Así que le pedí que me lo repitiera, y en cuanto lo hizo salió corriendo a su cuarto.

Creo que fui la única que se dio cuenta de su reacción, pero supuse que quizá tendría prisa por hacer la maleta. No le di más vueltas y me dispuse a colgar la foto en la red; entonces lo vi.

Bastó con pinchar en su perfil para comprender la razón por la que había salido disparado a su cuarto. Y no era por hacer la maleta. Lo había escrito hacía más de una semana y decía lo siguiente:

> Ja, ja, ja, ja… justo estábamos hablando del asco que nos dan las gordas y nuestra nueva compañera de resi es una ballena.

Me quedé helada. Lo habría leído mal. El corazón me empezó a latir desbocado en el pecho. No podía ser. Dejé de respirar unos segundos. Imposible. La cabeza me daba vueltas. ¿Guille? No, no lo estaba imaginando. El tuit estaba ahí. Pero estaba segura de que si lo actualizaba, desaparecería.

Recordé todas aquellas veces que me había pasado algo similar. El día que se rieron de mí en clase porque se me salió un michelín de la camiseta. El día en el que los del pueblo gritaron en mitad de una fiesta que yo me comía toda la comida. El día en el que un chico que me gustaba me rechazó por mi peso. El día en el que otro me preguntó si debajo de la camiseta llevaba siempre un cojín...

Me vinieron todos esos recuerdos a la cabeza, de golpe. Y me empezaron a doler los músculos. No podía moverme, aunque lo único que quería era desaparecer. Abandonar el salón. Esconderme en mi habitación. Me sentía estúpida. Engañada. ¿Cómo había podido confiar en ellos?

Perdóname, tú que me lees, si no he querido describirme en ningún momento, ni he mencionado que soy gorda, pero no es algo que se deba tener en cuenta al hablar del alma, de sentimientos y de personas.

Guille regresó al salón y sin mirarme a los ojos me preguntó si le ayudaba con la maleta. Solo quería gritarle, escapar, odiarle por lo que había escrito. Pero en lugar de eso le miré fijamente, relajé mi respiración, calmé mis nervios, sentí que mi dolor se transformaba en una fortaleza desconocida y le pregunté si tenía algo que decirme. Él se quedó callado. Levanté el móvil con el tuit en pantalla y todos lo vieron. Algunos se avergonzaron y bajaron la cabeza. Otros a duras penas podían contener las risas. Tras unos segundos, él balbuceó un «Lo siento». Sentí que el corazón volvía a tamborilearme en el pecho y en los oídos. Hice un esfuerzo por no desmayarme allí mismo, les miré a todos y me fui a la habitación tratando de aparentar la serenidad que no sentía.

En cuanto cerré la puerta y me senté en la cama, me puse a llorar. Y lloré y lloré desconsolada preguntándome por qué había tenido que encontrarme con algo así la última noche. Por qué me había hecho eso él. Por qué había confiado en ellos.

A la media hora alguien llamó a mi puerta. Guille. E insistió e insistió durante un rato sin obtener respuesta por mi parte. Estuvo media hora pidiéndome por favor que le abriese, que quería disculparse, que necesitaba explicármelo todo. No podía moverme de la cama y no quería escuchar nada que tuviera que decirme. «No lo puse en serio. Me caes superbien. Lo puse por poner. No lo pienso de verdad.»

Guille se iba al cabo de quince minutos a España y quería que tuviese la vuelta más amarga de su vida. Que sintiese aunque solo fuera un uno por ciento de lo que yo estaba sufriendo. Quería que le doliese. Se lo merecía.

Me quedé dormida, tuve unas pesadillas horribles, me levanté tarde y por supuesto no fui a clase. Me metí en el ordenador y me encontré con un correo que me había enviado Guille. Era de esperar. Se había acordado de mi página web y allí aparecía mi dirección. Decía lo que yo esperaba: que lo sentía, lo sentía, lo sentía. Que fue un idiota. Que no entendía por qué escribió eso. Que no quería perderme. Que ojalá pudiera volver al pasado y borrarlo. Y que ojalá nos pudiéramos ver en Madrid.

No recuerdo exactamente qué le contesté, la verdad. Probablemente que me había dolido mucho, que no me lo esperaba de él, que agradecía que me hubiese escrito, pero que confiaba en que reflexionaría sobre el daño que me había causado y que no lo hiciera nunca más.

Estaba dolida, había perdido en un instante a mis amigos. Mis inseguridades habían reaparecido y de nuevo volvía a sentir que mi peso era un tema sobre el que debatir las veinticuatro horas del día.

Ojalá pudiera decir que todo se arregló, pero estaría mintiendo. No volví a hablar con mis compañeros de residencia y ellos tampoco hicieron ningún esfuerzo por disculparse. Pronto se fueron, llegaron otros y disfruté con ellos de mi cumpleaños y del resto de semanas que me quedaban antes de regresar a España.

Y fue entonces, al volver, cuando me di cuenta de que, a pesar de todo lo vivido, esos chicos y también Guille me habían ayudado. No, inglés, lo que se dice mucho inglés no había aprendido. Pero me había hecho más fuerte y al menos ahora estaba segura de una cosa: nadie volvería a hacer que me sintiera tan frágil nunca más.

La gente dice tonterías. Eso es un hecho. A veces sin maldad, otras con rabia. Y no te queda otra que curarte y fortalecerte para que no te afecte. Porque el problema no es tuyo. ¡Tú no tienes nada malo! ¡Tu peso no es algo que te condicione como persona! Ni el acné. Ni tu sexualidad. Ni el color de tu piel o tu estatura. ¡No es algo que te deba impedir perseguir tus sueños y tus ambiciones!

Desde ese día, me vi de forma diferente, me relacioné de forma diferente, aprendí que para gustar antes debes gustarte a ti misma y que para juntarte con la gente adecuada solo debes fijarte en cómo miran y tratan a los demás.

Ahora lo tengo muy claro: te pueden hacer daño, puedes ser juzgado por la sociedad, por las revistas, por los posts de Facebook, por tu ex, por los amigos de tu ex, por tus tíos, por quien no te conoce. Pero una vez hayas escuchado todo eso, mírate en el espejo, reflexiona sobre quién eres y si lo que ves te gusta, acéptalo, quiérelo, cuídalo, respétalo y respeta a los demás. Y si hay algo que no te gusta a ti, cámbialo. Pero no lo hagas por los demás. Mímate mucho, dedícate mucho tiempo y no olvides que la belleza está en el exterior porque florece desde el interior, y que quien se mira y se sonríe, encuentra la belleza y la libertad en sí mismo.

No estás solo

Javier Ruescas

LUNES

Grupo LOS AMOS DE CLASE

Borja
Ha dicho que se apellida Fox?
Eso significa zorra, no?? Ja, ja, ja. 9.45

Gonzalo
Sí!! XD! Vaya pintas lleva. 9.50

Sergio
A lo mejor en EUA esos zapatos son tendencia. 9.51

Borja
Tu imbecilidad sí que es tendencia en este grupo. 9.51

Gonzalo
Ja, ja, ja, ja... 9.51

Sergio
😟 9.52

Borja
Madre mía, pero si no sabe ni hablar español, qué ridícula
HOULA MI NOUMBRA ESSS KAREN FOX! 9.55

Gonzalo
Karen la zorra, ja, ja, ja... 9.55

Sergio
Tú, y esta cómo se va a enterar de nada en clase? 9.56

Borja
Ahí tienes la respuesta:
ahora, además de conseguir pasar de curso,
tenemos que ayudarla. Claro que sí, guapi. 9.57

Gonzalo
Ja, ja, ja, el Nicolasio no se ha tomado hoy sus pastillas.
Con quién la pondrá? *Redoble de tamboreeeeees*. 9.57

Sergio
Pues ahí tienes tu respuesta. 9.58

Gonzalo
JAAAAAAAAAAAAA, JA, JA, JA...
La zorra y la rata juntos. 9.58

Borja
Tú, Rata, que te ha tocado con ella.
Qué alegría, no? 9.58

Has salido del grupo LOS AMOS DE CLASE
Te han metido en el grupo LOS AMOS DE CLASE

Borja
Dónde ibas, Rata? Que te hemos dicho mil veces que no salgas.
O te la quieres llevar? 10.00

Borja
Contesta. 10.02

Tú
No. 10.02 ✓✓

Borja
Pues entonces estate quietecito, por si te tenemos
que decir algo. 10.03

Gonzalo
Ja, ja, ja, jodida Rata... 10.03

Borja
Uuuh, pobre Sergio.
Te quedas sin móvil por tonto, ja, ja, ja.
Hablamos luego, que el Nicolasio se ha puesto
en modo detective. 10.05

Grupo LOS AMOS DE CLASE

Borja
Parece que tenga una p**** en la boca cuando habla. 12.46

Gonzalo
Estáis viendo la cara de la Miss?
Os apuesto lo que queráis a que no está entendiendo una mierda de lo que le está contando, ja, ja, ja… . 12.47

Sergio
Qué ha dicho? No sé qué de cantar? 12.47

Gonzalo
Que le gusta la música española, ja, ja, ja…
Seguro que se piensa que aquí todo es flamenco y sevillanas, la guiri esta. 12.48

Borja
Joder con la Miss! La tienes camelada, eh, Rata?
Le has mandado tus canciones ya o qué?
Mira que si no fueras gay
a lo mejor hasta podías tirártela, ja, ja, ja… 12.50

Tú
No lo soy. 12.51 ✓✓

Borja
Ya. Ahora entiendo por qué compones tus mierdas en inglés.
Para llevarte a los extranjeros a la cama. 12.51

Gonzalo
Va, Borja, nos levantamos y le enseñamos uno de nuestros temazos para darle una lección de español? 12.53

Sergio
Mejor que lo haga la Rata.
Que se le da bien cantar sin guitarra ni nada. 12.54

Borja
Buena idea. Rata, ya lo has leído:
deléitanos a todos a cappella con tus gallos, JA, JA, JA. 12.54

Borja
QUE CANTES! 12.55

Borja
Sé que me estás leyendo, subnormal.
Levántate ahora mismo y empieza a cantar
una de tus canciones de mierda si no quieres
que le cuente a todo Dios que el viernes te pillamos
viendo porno gay en el móvil. Verdad, chicos? 12.57

Gonzalo
Sí. Fue asqueroso.
Ahí tocándote en los baños del colegio.
Se te va la olla, Rata. 12.57

Sergio
Por menos te podrían expulsar… 12.58

Borja
3… 12.59

Borja
2… 12.59

Borja
XDDDDDD!! 13.03

Sergio
Mírale, ja, ja, ja, ja…
Seguro que hasta se está inventando las palabras. 13.03

Borja
Ahí te quería ver, Rata. JA, JA, JA, JA, JA
La cara de la Miss. Me descojono!!! 13.03

Gonzalo
Y la guiri? Debe pensar que vaya tarao
le ha tocado al lado XD! 13.04

Sergio
Bravo, Rata, bravo. Eres un crac. 13.04

Borja
Yo cambio y corto, que no me queda batería. 13.05

Sergio
Cada vez te dura menos XD! 13.05

Borja
Como te rías, te meto. 13.06

Se ha iniciado conversación con KAREN

Karen
Gotcha! 18.03

Tú
Hi. 18.04 ✓✓

Karen
No Hi!, Hola!
Tengo que practicar. 18.04

Tú
OK, je, je… 18.04 ✓✓

Karen
Gracias por ofrecer tu ayuda y darme tu número.
No voy a tomar mucho de tu tiempo, promise. 18.05

Tú
Nada ☺.
Si hay algo que no entiendas, avísame. 18.05 ✓✓

Karen
Por ahora todo bien.
Es todo tan extraño y nuevo por mí,
but God bless Google translator! 18.06

Karen
So, escribiste tú la canción
desde esta mañana? 18.08

Tú
De esta mañana? 18.09 ✓✓

Karen
Yes! Sorry ☺! 18.09

Tú
Es mía, pero no sé por qué me puse a cantar.
Fue estúpido. 18.09 ✓✓

Karen
Me gustó mucho!
Gran música y letra. Y tu voz es bonita.
Lo digo seriamente. 18.10

Tú
Un poco ridículo, puedes decirlo.
Estoy acostumbrado. 18.11 ✓✓

Karen
La gente reía porque nadie nos enseña
cómo comportarnos cuando nos gusta algo y
estamos alrededor de otras personas. 18.12

Karen
Tiene sentido?
Estoy copiando de translator, ja, ja, ja... 18.13

Tú
Lo tiene, sí.
Gracias. 18.13 ✓✓

Karen
Y hablas muy bien inglés.
Ojalá mi español así. 18.14

Tú
Ya verás como lo hablas muy bien
a final de curso.
Yo me paso siempre los veranos en Dublín,
por eso he aprendido. 18.15 ✓✓

Karen
Great! Ahora me voy.
Mi papá llegó…
See you tomorrow! 18.16

Tú
Bye ☺. 18.16 ✓✓

Grupo LOS AMOS DE CLASE

Borja
RATA, QUÉ HACES CONECTADO?
Con quién hablas? 21.21

Borja
Raaaaaaaaata!! 21.22

Borja
Tienes novio, Rata?
Y NOS LO HAS OCULTADO?!
A tus únicos amigos? 21.23

Sergio
Igual se abre conversaciones a él mismo para darse ánimos. 21.23

Borja
Rata, responde. 21.24

Tú
No hacía nada. 21.25 ✓✓

Borja
Haznos captura de pantalla de tus últimas conversaciones. 21.25

Gonzalo
Eso, queremos ver quién se molesta en hablar contigo, Rata. 21.25

Borja
VAMOS, ENVÍA. 21.26

Estás seguro de que quieres borrar esta conversación?
Has borrado la conversación con KAREN
Has hecho una captura de pantalla
Enviar imagen Capt_conversaciones.jpg a LOS AMOS DE CLASE

Sergio
JA, JA, JA, JA. Tienes a tus padres como mamá y papá? Qué eres? Un bebé? 21.27

Borja
No habrás borrado ninguna conversación para que no salga, no? 21.27

Tú
No. 21.27 ✓✓

Borja
Vaya ridículos los emoticonos del grupo de tu familia. Cámbialos. Ponles una mierda a cada lado. Y MANDA CAPTURA. 21.28

Tú
Tengo que apagar el móvil ya. 21.28 ✓✓

Borja
Deja de decir idioteces y hazlo. 21.28

Has hecho una captura de pantalla
Enviar imagen Capt_familia.jpg a LOS AMOS DE CLASE

Borja
Ves? Mucho mejor así! 21.29

Borja
Ahora ya puedes irte a dormir, Rata.
Pero mañana voy a pedir que me lo enseñes en clase.
No lo cambies, eh? 21.30

MARTES

Grupo LOS AMOS DE CLASE

Borja
Soy yo o la jodida guiri
sabe incluso menos español que ayer? 09.31

Sergio
Ja, ja, ja, es verdad. Cuando se pone roja parece
que se haya manchado
con su propia menstruación, JA, JA, JA... 09.32

Gonzalo
Macho, qué burro eres. Y qué asco. 09.32

Gonzalo
Oye, Rata, qué te cuenta?
De qué habláis tanto por lo bajini? 09.33

Borja
Espérate... 09.33

Borja
Ups! Parece que al Nicolasio no le gusta que habléis en clase. Ya le habéis oído. La próxima vez que no me dejéis escuchar, os expulsará. 09.36

Gonzalo
Ja, ja, ja. Ayer te pones a cantar en clase, hoy te llaman la atención por hablar... La guiri está siendo muy mala influencia para ti. 09.37

Sergio
Igual la tienen que expulsar. 09.37

Borja
Sería lo mejor para todos, je, je. 09.37

Conversación con KAREN

Karen
Guillermo, puedo preguntar una cosa? 20.11

Tú
Claro, qué? 20.11 ✓✓

Karen
Qué significa lo que me dicen tus amigos?
No entiendo. 20.12

Tú
Guiri? 20.12 ✓✓

Karen
Yup. 20.12

Tú
Es una forma cariñosa
de llamar a los americanos. 20.14 ✓✓

Karen
Oh, ok. Thanks! 20.14

Tú
Nada. 20.15 ✓✓

Karen
Y tu nickname es Rata? As in Rat?
Quieres que te llame yo así también? 20.16

Tú
No. Guillermo está bien.
Lo prefiero. 20.17 ✓✓

Karen
Cool. Y por qué Rata? 20.18

Tú
Es de broma, je, je... 20.18 ✓✓

Karen
Guillermo me gusta más.
Es William, sí?
Lo prefiero en español. 20.18

Tú
Karen también es un nombre muy bonito.
He buscado y significa "De linaje puro", je, je, je...
Eres la hija de un rey? 20.19 ✓✓

Karen
I am! Ja, ja, ja... 20.19

Tú
.P
Buenas noches, que descanses. 20.20 ✓✓

Karen
Y tú!
Hasta mañana! 20.21

MIÉRCOLES

Grupo LOS AMOS DE CLASE

Borja
Eh! Hoy toca ensayo en mi casa.
Y avisad a todo Dios para que vayan el viernes a la guerra de bandas. 11.49

Gonzalo
Eso, que necesitamos que se vea que somos los putos amos y que tenemos a los mejores fans de la vida si queremos ganar el concurso. 11.50

Sergio
Yo ya se lo he dicho a media clase. 11.50

Borja
Pues te queda la otra media.
E id a otros cursos. Tiene que venir todo el mundo. 11.50

Borja
Bueno, todos menos tú, Rata.
Si ese día apareces por el teatro,
te vas a llevar una buena. 11.51

Borja
Me lees o no? Responde.
Que no se te ocurra presentarte al concurso. 11.53

Tú
Ya mandé mi candidatura hace dos semanas... 11.55 ✓✓

Borja
ME IMPORTA UNA MIERDA.
Te estoy avisando, capullo. Como aparezcas, te reviento.
Tu vida hasta ahora te va a parecer un puto paraíso
comparado con lo que va a venirte después.
Estás avisado, Rata. Que no se diga que no soy justo. 11.56

Conversación con KAREN

Karen
Hay un concurso de música?! Like a bandslam?
WOW! Recibí un e-mail del colegio para avisar.
Te vas a presentar? YOU MUST!! 19.22

Karen
Hola? 19.22

Tú
Hola.
No lo sé. Creo que no... 19.31 ✓✓

Karen
WHY?!
Perdón. Por qué?! 19.32

Tú
Ja, ja, ja. No sé. Creo que me daría vergüenza. 19.33 ✓✓

Karen
Vergüenza? Pero si otro día
tú cantaste en clase y muy bien!
Hay un premio? 19.33

Tú
Más o menos.
Es un concurso que se hace todos los años
entre los institutos de la ciudad.
Creo que hay algo de dinero para más conciertos.
Pero suele estar un poco amañado… 19.34 ✓✓

Karen
Amañado? 19.34

Tú
Sí, manipulado.
Como el voto final lo tiene el público,
no tiene que ver tanto con cómo cantes,
sino con cuántos amigos tienes que voten por ti. 19.35 ✓✓

Karen
Entonces tú puedes ganar! Somos muchos en la clase, no?
Se presentan otros? 19.36

Tú
Borja y su grupo. 19.36 ✓✓

Karen
Ah! I see…
Puedo escuchar en algún sitio? 19.37

Tú
A ellos? Sí, en YouTube. Pon
Cabezas de León. Es como lo llamé.
Bueno, se llaman. 19.37 ✓✓

Karen
Wait. Los llamaste? Tú? 19.37

Tú
Sí, yo empecé ese grupo, je, je…
Se me ocurrió el nombre por el refrán de
"Es mejor ser cabeza de ratón que cola de león".
Al principio éramos Gonza, Sergio y yo.
Pero después Borja dijo que quería unirse y entró… 19.38 ✓✓

Karen
Y por qué no sigues ahí? 19.38

Tú
Por cosas que pasan.
Sobre todo yo quería cantar en inglés y en español
para que nos escuchara más gente
y también porque, al componer,
a veces me sale la letra en inglés.
Pero a Borja no le gustaba porque no sabe hablar en inglés.
Así que al final decidieron
que el que sobraba era yo y me fui. 19.40 ✓✓

Karen
No es justo! 19.40

Tú
Algo que tengo muy claro de mis años en el instituto
es que la vida no suele ser justa ☺. 19.41 ✓✓

Karen
Pero ahora puedes cantar lo que TÚ quieres.
Tocas la guitarra? 19.42

Tú
Sí. Canto siempre con la guitarra.
Menos el otro día en clase, je, je.
A ti te gusta la música? 19.42 ✓✓

Karen
Hay alguien al que no?
Para mí la música es como salida de emergencia.
Incluso cuando todo es mal y no hay solución,
está la música ahí para darme un camino distinto
y recordarme que, como hubo momentos mejores,
vendrán más.
Es como si gracias a ella pudiera comprender mejor a mí misma,
y si me analizara desde fuera, pero sin juzgarme. 19.43

Tú
Vaya… Qué bonito ☺.
Parece que le hayas dado muchas vueltas al tema. 19.43 ✓✓

Karen
Por mi familia, je, je…
Entonces, cantarás? 19.44

Tú
Me lo pensaré. 19.45 ✓✓

Karen
Si tú lo haces, yo estaré allí para aplaudir.
Promise.
Y para descubrir nuevas salidas de emergencia, je, je… 19.46

JUEVES

Grupo LOS AMOS DE CLASE

Borja
Se puede ser más pelota que la tía esta? 16.09

Gonzalo
Seguro que se lo aprueban todo
aunque no sepa ni escribir. 16.10

Sergio
Como lo hagan se lo digo a mis padres
y que denuncien al colegio y al payaso del Nicolasio. 16.10

Borja
Tengo una idea. Mañana vamos a ignorarla.
Que lo haga todo el mundo. Va?
Pásalo. Pasádselo a todos.
Hasta nuevo aviso NADIE puede hablarle,
ni mirarla, ni sonreírle. 16.13

Sergio
Ja, ja, ja, ja, vale! Lo avisamos. 16.13

Borja
Tú también, eh Rata? Como te veamos hablando con ella 👊 16.14

Borja
Ya veréis cómo deja de creerse tan simpática. 16.15

Conversación con KAREN

Tú
Buenas!
Se me ha ocurrido una idea para mañana.
Un juego. 20.45 ✓✓

Karen
Un juego?? Me gusta. Qué es? 20.47

Tú
Tienes alguna playlist con tus canciones favoritas? 20.47 ✓✓

Karen
Sí, con más de quinientas! Por qué? 20.47

Tú
Yo también tengo una, con quinientas treinta y seis, je, je.
El juego consiste en intercambiárnoslas y mañana,
en lugar de hablar, solo escuchar la música del otro.
Durante todo el día.
No podremos hablarnos, ni siquiera mirarnos.
Dejemos que sea la música la que hable por nosotros.
Vale? 20.49 ✓✓

Karen
Great! Yes!
Pero otra cosa.
Las preguntas que nos surjan,
nos las guardamos para hacerlas por la noche. Sí? 20.50

Tú
Ok. Mándame tu lista y yo te mando la mía,
para descargarlas en el modo off-line. 20.51 ✓✓

Karen
Cool!
Vamos a ver cuántas canciones me caben
en la memoria del teléfono. 20.51

Tú
Te dejo, voy a terminar los deberes.
No vale escuchar nada hasta mañana, ok? 20.54 ✓✓

Karen
Promise. Good night! 20.54

VIERNES

Grupo LOS AMOS DE CLASE

Sergio
Esta tía es autista o qué?
No se quita los auriculares para nada! 15.11

Gonzalo
Ya, es más rara que un perro verde.
Se ha pasado el rato con la música y el móvil.
Ni en el recreo, ni en la comida se los ha quitado. 15.12

Borja
Y? Os creéis que no se ha dado cuenta
de que todo el mundo pasaba de ella? 15.12

Gonzalo
Fan de cuando hemos salido
y le has cerrado la puerta en las narices
como si no hubiera nadie más en clase, JA, JA, JA... 15.13

Borja
Oye, hemos hablado antes Sergio y yo de otra idea para mañana!!!
Y si la invito a mi fiesta de cumpleaños? 15.14

Gonzalo
Pero tu cumple no es en noviembre?
Además, tenemos que ensayar para la semana que viene! 15.15

Borja
Claro, idiota. Es para vacilarla.
Le decimos que queremos que venga a mi fiesta, la citamos en el Burgerbar y no aparece ni Dios. 15.15

Gonzalo
Ja, ja, ja, eres un cabrón. 15.15

Borja
En el fondo ha sido idea de Sergio.
Venga, vamos a hacerlo: decídselo a todos.
Que hablen de la fiesta delante de ella. 15.16

Sergio
Pero a qué hora y dónde decimos?
En el Burgerbar? 15.16

Borja
Sí, a las 19 h mañana. Va a ser una fiesta épica. 15.17

Conversación con KAREN

Tú
Solo me ha dado tiempo a escuchar 74 canciones,
pero me las he apuntado todas.
Me encantan! 18.04 ✓✓

Karen
Awesome! Yo también de la tuya.
Pero oí 96, je, je, je…
Amo todas. Mis favoritas?
Classics. Elvis Presley, obvs.
& Ed Sheeran, Goo Goo Dolls!
Los dos tenemos a Simple Plan! 18.06

Tú
Pero los discos antiguos. 18.06 ✓✓

Karen
Sí, siempre. 18.06

Tú
Y Queen y los Rolling.
Y tienes canciones de BANDIT! 18.07 ✓✓

Karen
Te gusta BANDIT? 18.07

Tú
Me apasiona. Él, su música,
todo lo que toca lo convierte en oro.
Sabes que es el productor
de algunos de los más grandes? 18.08 ✓✓

Karen
Y compone para ellos, yes! 18.08

Tú
Soy muy fan, ja, ja, ja…
Leí en una revista que había venido desde EUA
y lo habían visto por aquí.
Ojalá dé un concierto o algo!! 18.09 ✓✓

Karen
YES, PLEASE!
Tú me sorprendiste con Taylor Swift, ja, ja, ja…
I love her.
Pero me apunté las españolas, for practice! 18.10

Tú
Maldita Nerea, Amaral, Maná
nunca deben faltar.
Ni La oreja de Van Gogh. 18.11 ✓✓

Karen
I LOVE THAT NAME!! 18.11

Tú
Ja, ja, ja, yo también .P! 18.11 ✓✓

Karen
No, en serio. Todas. GRACIAS.
Y ahora, las preguntas. 18.12

Tú
Pensé que te habrías olvidado de eso… 18.13 ✓✓

Karen
Nope! Las escribí mientras escuchaba. Puedo? 18.13

Tú
Bueno… 18.14 ✓✓

Karen
Tú también puedes preguntarme.
Vale, de dónde viene tu amor por la música? 18.14

Tú
De mis padres. Sobre todo de mi madre.
Ella cantaba en un grupo cuando estaba
en el instituto. 18.14 ✓✓

Karen
Really?? Wow.
Algún álbum? 18.15

Tú
Ja, ja, ja, no. Ojalá!
Me habría gustado verla cantar
y tocar en un escenario.
Y a ti? 18.15 ✓✓

Karen
De mi papá. No recuerdo pasar un solo día
de mi vida sin escuchar algo de música
o sin que me recomendara alguna canción.
Has vivido siempre aquí? 18.16

Tú
Toda la vida.
Y llevo yendo a este colegio desde los tres años.
Y me temo que estaré en él hasta que salte a la universidad. 18.16 ✓✓

Karen
Vas a ir a universidad? 18.17

Tú
Sí, claro. Tú no? 18.17 ✓✓

Karen
No lo sé todavía. Tengo que pensarlo.
Sorprende lo seguro que lo tenéis todos aquí! 18.18

Tú
Es lo que hicieron nuestros padres.
El sistema no nos da mucha más opción, sabes?
Y si la da, no está muy bien vista.
En Estados Unidos es normal tomarse
un año sabático antes de entrar en la universidad, no?
O dedicarse al arte o tener carreras más variadas. 18.19 ✓✓

Karen
Yup! Así ves qué más hay fuera, viajas, trabajas.
Aquí la educación pública es TOP.
En EUA todo cuesta mucho dinero.
Por eso nos pensamos más esta decisión, I guess. 18.20

Tú
Y tú por qué te mudaste? 18.20 ✓✓

Karen
Por muchas cosas.
Sobre todo, el trabajo de mi papá.
No me dieron opción, je, je. 18.20

Tú
Lo siento... 18.20 ✓✓

Karen
Yo no sé si siento.
Necesitaba salir y no lo sabía, sabes?
A veces se olvida que hay
mundo más allá del que conocemos.
No lo has sentido alguna vez? 18.21

Tú
Toda la vida. Estoy deseando poder
largarme de aquí. 18.21 ✓✓

Karen
Really? Lo que quieres es marcharte...
o que las cosas cambien? 18.21

Tú
Qué diferencia hay? 18.22 ✓✓

Karen
Que en lo primero escapas. En lo segundo, luchas. 18.22

Tú
No te entiendo,
si tú has dicho que hay que salir de
lo que conocemos. 18.23 ✓✓

Karen
Hay que descubrir cosas nuevas.
Pero si solamente escapamos,
creo que nunca llegamos a conocer el sitio en el que estamos.
Además, por qué quieres marchar?
Parece que lo dices como si no quieres volver… 18.24

Tú
No lo sé. Da igual. 18.24 ✓✓

Karen
Es por lo de Rata y eso? 18.25

Tú
Prefiero no hablar del tema. 18.26 ✓✓

Karen
Eso te lo vas a encontrar en todas partes.
Por rápido que corras. 18.26

Tú
Tengo que irme. 18.27 ✓✓

Karen
Ok! Nos vemos mañana en la fiesta, sí? .D!
Tengo ganas, je, je. 18.27

Tú
Buenas noches… 18.28 ✓✓

SÁBADO

Grupo LOS AMOS DE CLASE

Borja
Que no aparezca ni Dios hoy, eh? 16.29

Sergio
Yo ando en casa, JA, JA, JA...
Y pienso pegarme una siesta que voy a empalmar con la noche. 16.29

Gonzalo
He hablado con toda la clase y va a estar más sola que la una XD!
Cuánto creéis que aguantará hasta darse cuenta de que no va a ir nadie? 16.30

Borja
Con lo boba que es, seguro que una hora y algo se está. 16.30

Sergio
Yo apuesto dos horas. 16.30

Borja
Vale, pues venga, vete a comprobarlo tú. 16.30

Sergio
SÍ HOMBRE, JA, JA, JA… Me piro a sobar. 16.31

DOMINGO

Conversación con KAREN

Karen
Ya en casa! Y con el móvil revivido, YEY! 00.02

Tú
Siento que hayamos gastado la batería con la música.
Te han regañado por llegar a estas horas? 00.04 ✓✓

Karen
Nope. Ya avisé y he vuelto en taxi, so... 00.04

Tú
Menos mal. Los míos se han sorprendido,
no están acostumbrados, ja, ja, pero ya está. 00.04 ✓✓

Karen
Tenemos que hacer más veces esto.
Nunca había hablado tanto de música con nadie ^_^!
Ha sido una tarde perfecta. Lo he pasado GENIAL! 00.05

Tú
Yo también ☺!
Pero no sé si me voy a atrever a dormir
con la luz apagada. 00.05 ✓✓

Karen
I KNOW. La peli daba miedo real, ja, ja, ja... 00.05

Tú
Sí. Y sé que si no es por la peli,
es por la pedazo hamburguesa que nos hemos comido.
Pero hoy tengo pesadillas sí o sí, je, je...
Aunque habrá merecido la pena. 00.06 ✓✓

Karen
Para mí también.
Pero qué pena que al final se haya cancelado
el cumpleaños en el último momento...
Menos mal que has venido a buscarme
y avisarme porque yo no sabía.
Aunque en el fondo me alegro de que fue así. 00.07

Tú
Sí ☺! 00.07 ✓✓

Karen
Hey, y no me olvido.
Quiero que un día me invites para ver
ensayar para el bandslam, sí? 00.07

Tú
Ok. He escrito una nueva canción y,
si te apetece y tal,
me gustaría que me dijeras si te gusta y eso,
o si mejor no la toco. 00.08 ✓✓

Karen
OF COURSE! Eres genial, Guillermo.
XOXO 00.08

Tú
Descansa ☺! 00.08 ✓✓

Grupo LOS AMOS DE CLASE

Borja
La habéis encontrado en alguna red? 17.12

Gonzalo
En ninguna. Llevo buscándola desde que llegó
y debe ser la única tía de todo el colegio
sin Twitter, ni Facebook, ni Instagram... 17.13

Sergio
O utiliza pseudónimo. 17.13

Gonzalo
Y por qué iba a hacer eso? 17.13

Borja
Para que nadie vea las mierdas que cuelga, ja, ja, ja…
Seguro que cuelga fotos suyas medio en pelotas. 17.13

Gonzalo
O será una friki de esas que pone cosas de japos y mierdas así. Tenemos que encontrarla, puede ser la risa. 17.14

Borja
Tú, Rata, encárgate de eso!
Que para eso eres su compañero de mesa.
A ver si ha puesto algo del sábado y lo de la fiesta, ja, ja, ja… 17.15

Gonzalo
RATA! 17.16

Tú
Creo que no tiene redes sociales. 17.17 ✓✓

Gonzalo
Ya, bueno. Tú entérate y nos lo dices. 17.17

Borja
Ah, y si pregunta por lo de ayer,
todos os hacéis los tontos, eh?
Fiesta?
De qué fiesta hablas? Pero si mi cumple es en noviembre, ja, ja, ja.
Decidle que no se habrá enterado. 17.18

Gonzalo
Venga, que ha sido un error de traducción. 17.18

Gonzalo
Eso! Ja, ja, ja... A ver qué cara pone.
INTENTAD AGUANTAR LA RISA O NO
PODREMOS REPETIRLO. 17.18

Sergio
Cómo lleváis los ejercicios de química, por cierto? 17.19

Borja
Pues como el culo. Nos vemos luego?
Pasaos por casa y echamos una partida de algo. 17.19

Sergio
Y los ejercicios? 17.19

Borja
Que los haga la Rata y mañana
durante la hora de gimnasia
nos inventamos alguna excusa para
saltárnosla y los copiamos.
Venga, Rata, ponte a ello.
No quiero verte más conectado! 17.20

Te has desconectado

LUNES

Conversación con KAREN

Karen
Hey! Morning, Guille!
Sigo en cama. Estoy mala… 08.44

Tú
No! Qué te pasa? 08.44 ✓✓

Karen
Ugh, la tripa. No daré detalles, je, je.
Puedes apuntar todos los deberes y me los mandas esta noche, sí? 08.45

Tú
Claro! Tú descansa y recupérate pronto. 08.45 ✓✓

Karen
Thanks.
XOXO 08.45

Conversación con KAREN

Tú
Oye Karen, me gustaría decirte una cosa… 11.08 ✓✓

Karen
Hi! Sure, qué pasa? 11.10

Tú
Me da vergüenza hacerlo a la cara
así que prefiero hacerlo hoy
que no has venido a clase. 11.11 ✓✓

Karen
Ok… 11.11

Tú
Solo te pido que no me interrumpas
hasta que acabe, ok? 11.12 ✓✓

Karen
☺ 11.12

Tú
Creo que es algo que los dos pensamos
y que no podemos seguir fingiendo.
A ver cómo lo hago. 11.14 ✓✓

Tú
Me gustas mucho...
Pero solo como una amiga.
Porque soy gay y me gustan los hombres.
Me imagino siempre desnudos a los chicos de clase y...
bueno, creo que me entiendes. 11.15 ✓✓

Tú
Sé que tú estás enamorada de mí,
pero lo nuestro va a ser imposible.
Creo que por eso tenemos tanto en común,
Con la música y eso. 11.15 ✓✓

Karen
WHAT?!
No, WAIT. 11.15

Tú
Porque soy gay.
A ti hay algún chico de la clase que te guste?
Yo estoy enamorado de Borja en secreto.
Pero sé que es imposible lo nuestro.
A ti te gusta Borja? 11.16 ✓✓

Karen
Guille, no. STOP.
Gracias por confiar en mí y contar esto.
Pero creo que estás confuso. No me gustas.
I mean, me encanta pasar tiempo contigo,
pero también como amigo solo.
Por eso todo bien ☺! 11.16

Karen
And NO! Borja no me gusta. NADA.
A ti sí? Cómo?! Por qué? JA, JA, JA…
Supongo que lo conoces más que yo,
pero yo solo veo que ríe de los demás todo el rato. 11.17

Tú
Solo de la gente que se lo merece. 11.18 ✓✓

Karen
Y tú lo mereces? 11.18

Tú
Un poco. 11.18 ✓✓

Karen
Por qué? Porque no eres como él?
Porque no necesitas ser como él?
Porque no necesitas reír de los demás para sentir que vales algo?
Yo no conozco a Borja casi,
pero he visto cómo trata a todos en clase.
Se ríe de los otros. Y siempre es cuando no entiende algo o ve que alguien sabe la respuesta!
Y en vez de esforzarse, prefiere empujar abajo a los otros.
Como si le molestara que otros fueran mejores que él.
Y tú lo eres en muchas cosas ☺! 11.19

Tú
Lo estás defendiendo porque te gusta. 11.19 ✓✓

Karen
Really? Ok, whatever. 11.19

Tú
OK? O sea, que te gusta? 11.19 ✓✓

Karen
Sí, I LOOOOVE BORJA.
Me muero porque se fije en mí y me bese. 11.19

Tú
Y por acostaros! 11.20 ✓✓

Karen
Of course! Y hacer amor toda la noche! 11.21

Has hecho una captura de pantalla
Enviar imagen Capt_Fox.jpg a BORJA

Karen
Qué tonterías dices, Guille. Estás muy raro hoy.
Pero I <3 U! Ya me encuentro mejor, BTW.
Espero mañana ir a clase. 11.21

Tú
Ok, bye! 11.21 ✓✓

Karen
Bye? Adiós, mejor. 11.22

Estás seguro de que quieres borrar esta conversación?
Has borrado la conversación con KAREN

Conversación con KAREN

Tú
Hola! Cómo sigues? Mejor?
Me ha pasado algo muy raro.
Se me ha borrado toda nuestra conversación.
Este móvil está cada vez peor.
Quieres que vaya a tu casa ahora
o te mando los deberes mejor todo por correo?
Son pocos ☺! 17.38 ✓✓

Karen
Por qué lo hiciste? 17.41

Tú
El qué? 17.41 ✓✓

Karen
Creía que éramos amigos. 17.41

Tú
Y lo somos. Estoy perdido… Qué ha pasado? 17.41 ✓✓

Karen
Esto! 17.41

KAREN te ha enviado la imagen Capt_Fox.jpg

Tú
No entiendo nada.
Te gusta Borja? 17.42 ✓✓

Karen
WHAT?! ARE YOU KIDDING ME?! 17.42

Tú
Espera, por qué sale como si hubiéramos hablado de esto?
No entiendo nada. 17.43 ✓✓

Karen
??? 17.43

Tú
Yo no he escrito esos mensajes. Es un montaje! 17.44 ✓✓

Karen
It's not! Tengo tus mensajes en mi teléfono!
Estábamos en broma! Lo sacaste de contexto para Borja?
Y por qué les diste mi teléfono?! No paran de mandarme mensajes TODOS…
Gente que no conozco. Me escriben. Me llaman.
They say nasty things.
Diles que paren, por favor. I can't. I JUST CAN'T. 17.44

Karen
Not again… 17.45

Tú
No fui yo, Karen. Te lo prometo!
Ha tenido que ser Borja.
Debió de coger mi móvil de la mochila
mientras estábamos en clase de gimnasia. 17.45 ✓✓

Karen
Voy a apagar el teléfono.
Mi padre me ha dicho que lo apague.
Se lo he contado todo. 17.46

Tú
Karen, espera! 17.46 ✓✓

KAREN se ha desconectado

Grupo LOS AMOS DE CLASE

*BORJA ha mandado la imagen Capt_gayRata.jpg

Borja
Oye Rata, me ha pasado Karen estas capturas
de una conversación que habéis tenido
y tengo que decirte que lo siento,
pero tú a mí no me gustas.
De hecho, me das un poco de asco. 18.22

Sergio
Gaaaaaay! 18.22

Te has salido del grupo LOS AMOS DE CLASE
Te han metido en el grupo LOS AMOS DE CLASE

Borja
NO TE HE DADO PERMISO
PARA QUE TE SALGAS DEL GRUPO, RATA. 18.23

Gonzalo
Marica!! 18.23

Borja
Comerrabos. 18.23

Gonzalo
Muerde almohadas ;)! 18.24

Te has salido del grupo LOS AMOS DE CLASE
Te han metido en el grupo LOS AMOS DE CLASE

Borja
ME ESTÁS VACILANDO?
COMO VUELVAS A HACERLO, MAÑANA TE ESTARÉ
ESPERANDO. 18.25

Borja
Así me gusta. Que te quiero tener controlado.
Maricón. 18.26

MARTES

Se ha iniciado conversación con un número desconocido

Número desconocido
Guille, it's me, Karen.
Es mi nuevo número.
Después de ayer… 10.06

Número desconocido
No vas a venir a clase hoy? 10.07

Número desconocido
Guille, escríbeme por favor, sí? 10.09

Número desconocido
Siento ponerme ayer así, pero pensé que…
Perdóname, ok? Te echo de menos. 10.10

Número desconocido
Venir a clase no es tan divertido sin ti. 10.15

Has guardado el contacto como KAREN

Grupo LOS AMOS DE CLASE

Borja
Dónde estás, Rata? 12.36

Borja
Imagino que querrás saber que hemos enviado por wasap a tooodo el colegio la conversación que tuviste con Karen y eres famoso, tío.
Lo que buscabas, no?
Ahora todo el mundo va a querer escuchar tus asquerosas canciones de niñata. 12.37

Borja
No te preocupes, seguiremos hablando de ti aunque no vengas para que nadie se olvide de lo asqueroso que eres.
Y hemos pensado que sí, que mejor que vayas el viernes y cantes.
Estaremos ALLÍ para darte suerte ☺. 12.39

Se ha iniciado conversación con KAREN

Karen
Quieres que vaya a tu casa para darte los deberes?
He hecho la mitad en el descanso y puedo dártelos,
si quieres, je, je… 17.30

Karen
Guille, please, answer me!
Me siento como infierno. 17.35

Karen
Si no respondes, será que
sí quieres que vaya a verte. OK? 17.37

Karen
Ok. Voy a salir ya. Te veo ahora. 17.40

Tú
No. 17.41 ✓✓

Karen
Sí, voy a salir ya. 17.41

Tú
No vengas.
Por favor. Estoy bien. No vengas. 17.41 ✓✓

Karen
No estás bien. 17.42

Tú
Quiero estar solo. 17.42 ✓✓

Karen
Ok. No iré, pero a cambio tienes que hablar conmigo por aquí.
Si desapareces, iré. 17.43

Tú
Solo quiero que me deje TODO EL MUNDO EN PAZ.
Tanto pido??! 17.43 ✓✓

Karen
Pues sí, pides mucho cuando importas a gente. 17.43

Tú
A quién? 17.44 ✓✓

Karen
A MÍ, IDIOTA. Me importas a mí. OK?
Porque eres mi único amigo.
Y me lo paso contigo bien.
Porque me ayudaste. Es suficiente? 17.44

Tú
No soy gay. 17.44 ✓✓

Karen
Ok! WHO CARES?!
No es eso lo que importa.
Para mí eres todo lo que sueñas ser
y lo que eres ahora por no dejarte vencer.
Eres lo que ven en ti quienes te quieren,
no quienes les da miedo conocerte. 17.45

Tú
No tienes que defenderme.
Yo soy como ellos. 17.45 ✓✓

Karen
Cómo vas a ser como ellos?! 17.45

Tú
SÍ. SÍ. LO SOY.
Desde que llegaste no han dejado de burlarse de ti en los grupos que tienen y yo no hice nada.
Lo leía y no hacía nada.
Tendría que haberte defendido.
Guiri es una palabra que usan para insultarte, no es algo bueno.
Y el día que te dije que habláramos con las canciones fue porque todos habían decidido ignorarte. Para que no te dieras cuenta.
No me atreví a decírtelo porque soy un cobarde.
Ni tampoco me atreví a decirles que pararan.
Y el día de la fiesta de cumpleaños?
Querían que llegaras allí y estuvieras sola. 17.48 ✓✓

Karen
Pero no lo estuve. Porque apareciste tú. 17.49

Tú
Pero no te dije la verdad.
Me daba vergüenza y yo también soy culpable de ello. 17.49 ✓✓

Karen
Me regalaste una mentira.
Y a veces una mentira vale más que mil verdades.
Deja de torturarte, ok?
O no lo hagas a mi costo
porque yo te perdono si crees que hiciste algo mal. 17.50

Tú
Tendría que haberme enfrentado a Borja.
Te juro que lo mataría. 17.51 ✓✓

Karen
Fue él quien empezó a llamarte Rata, sí? 17.52

Tú
En clase parece tan simpático.
Es un cabrón y cuando elige una víctima…
Sus amigos eran mis amigos antes de que él llegase.
A nadie le importaba si yo tenía los paletos más
grandes o más cortos. 17.53 ✓✓

Tú
Pero un día me pidió copiar en un examen.
Ya estaba en el grupo, pero no me caía muy bien.
No quise arriesgarme a que nos pillara la profesora
y Borja suspendió.
Y desde ese día empezó a llamarme Rata.
Rata callejera. Rata asquerosa. 17.54 ✓✓

Tú
Y después se encargó de hacerse
amigo de mis amigos y robármelos. 17.54 ✓✓

Karen
Los amigos no se roban.
Los amigos, si se van, es que no son amigos. 17.55

Tú
Ni me di cuenta de cómo pasó. Simplemente un día,
estaba solo en el recreo sin nadie con quien hablar.
Una rata apestosa. En eso me había convertido. 17.56 ✓✓

Karen
NO, GUILLE. No te convirtió en nada.
Te hizo creer eso, pero no es real. 17.56

Tú
Al final una mentira prolongada
no es igual que una verdad? 17.57 ✓✓

Karen
No, porque la mentira no dura por siempre.
Ahora parece infinito el tiempo que pasamos aquí,
con esta gente, pero los dos sabemos que termina. 17.58

Tú
Tú no lo entiendes, Karen!
Me siento como en una cárcel. Cada día.
Y no es ni por las clases ni los profesores ni los exámenes.
Es por ellos. Por mis compañeros.
Los que deberían ser mis amigos... 17.59 ✓✓

Karen
Mi padre me dijo que esa es la diferencia
entre el tiempo en instituto y lo que viene después:
ahora no podemos elegir.
Estamos rodeados de chicos y chicas
con los que puede que no tenemos
absolutamente nada en común. NADA.
Y tenemos que pasar con ellos 8 horas diarias.
A veces hay suerte y conoces a personas geniales,
pero no es siempre así. 18.00

Tú
Y eso cambia luego? 18.01 ✓✓

Karen
Nos encontraremos gente mala
y con ganas de hacer daño siempre, I guess.
Pero al menos no tienes obligación de pasar toda la semana.
Y en la universidad o el trabajo
te rodearás de personas con intereses parecidos a los tuyos.
Pienso que es verdad la letra de la canción de Bandit,
"Better", en la que dice: "Everything gets better when you
take the reins". 18.02

Tú
Así que estos años más que vivir
tenemos que limitarnos a sobrevivir? 18.02 ✓✓

Karen
No, pero a veces vivir se parece más a luchar.
Al menos, ya no estás solo. ☺!
So… tienes que plantarles cara. 18.03

Tú
Claro, y pegarme con todos. 18.03 ✓✓

Karen
No dije nada de pegar.
La mejor manera de enfrentarte a ellos es demostrando
que eres más fuerte y no vas a cambiar
solo para evitar sus risas.
Empieza por ir al concierto este viernes.
Si te quedas en casa, pierdes. 18.04

Tú
Y aguantar sus burlas delante de desconocidos?
No, gracias. 18.04 ✓✓

Karen
Llevas meses preparándote para ese bandslam!
Vas a tirar todo ese esfuerzo por el borde
por lo que digan un par de idiots?
Calla bocas con tu música y tu talento. 18.05

Tú
Tengo que pensarlo. 18.06 ✓✓

Karen
OK, pero hazlo pensando en cómo
se sentirá Guille el domingo,
avergonzado en su habitación por no haberlo intentado
u orgulloso por haber peleado por lo que quiere.
Que les quede claro que no eres quien
tratan de hacerte creer. 18.07

Tú
Lo pensaré, te lo prometo. 18.07 ✓✓

Karen
Si lo haces, yo estaré allí. 18.07

Tú
Gracias, Karen. 18.08 ✓✓

MIÉRCOLES

Conversación con KAREN

Karen
Te dije que pelear no es solución!!
Te han expulsado? 15.25

Tú
No. Me han llevado a la enfermería.
Tengo el ojo morado.
Y todo por NO pelear. 15.28 ✓✓

Karen
??? 15.28

Tú
He hecho lo que me dijiste.
Plantarle cara a Borja y decirle que nos dejara en paz, a ti y a mí.
Y que me daba igual quién fuera al concierto,
que la única razón por la que intentaba intimidarme
era porque tengo más talento que él y lo sabe.
Y se ha vuelto loco y se ha lanzado a por mí.
Cuando he ido a devolvérsela,
me han sujetado y luego ha venido la directora
y ha salido todo el mundo corriendo. Contenta? 15.29 ✓✓

Karen
Contenta, no. Pero tranquila, sí. Tienes que denunciar. Si muestras mensajes y después de esto, lo van a expulsar. 15.29

Tú
Lo que quiero es devolvérsela. 15.29 ✓✓

Karen
Crees que va a cambiar algo?
El camino no es ese. 15.30

Karen
He encontrado en español la frase de Gandhi que dice:
"Primero te ignoran,
a continuación se ríen de ti,
después te atacan…
y luego ganas tú". 15.31 ✓✓

Tú
Luego ganaría él,
porque yo estoy HARTO de perder. 15.32 ✓✓

Karen
Y crees que él no lo estaba?
Crees que es fácil todo lo que consiguió?
Luchó durante años por la independencia de la India
y después por proteger a esclavos y parias de su país.
Y siempre de una forma pacífica!!!
Mientras los ingleses amenazaban con pistolas y le ponían en la cárcel, él utilizaba la palabra, las huelgas de hambre;
convenció a otros por su ejemplo y sus conocimientos. 15.33

Karen
Estoy segura de que se cansó de perder.
Who wouldn't?!
Pero no le recuerdan por eso.
Es porque no se rindió. 15.34

Karen
Cualquiera puede perder.
Pero solo algunos son capaces de levantarse
y seguir luchando y sacrificando por los demás.
Mi madre me regaló un libro sobre él
y también tengo la película. So, you choose ;)! 15.34

Tú
Mejor la película, ja, ja... 15.35 ✓✓

Karen
Seriamente, Guille:
mis padres ya han hablado con la directora.
Si tú también hablas, harán algo. 15.36

Tú
No lo sé. 15.36 ✓✓

Karen
Pues yo sí lo sé. No va a cambiar nada.
De hecho, descubrieron que si golpean, devuelves.
Y eso les parecerá más divertido. 15.37

Tú
No puedo contarlo o seguirán. 15.37 ✓✓

Karen
VAN A SEGUIR, ANYWAY.
Tienes que contárselo a tus padres.
A la directora. Saben que Borja es así con todo el mundo.
Aprovecha el miedo para que ninguno le haga nada. 15.37

Tú
Todos me llamarán chivato. 15.38 ✓✓

Karen
Estás dando muchas cosas de hecho.
No sabes cómo reaccionará el mundo.
Listen. Son un séquito y, sin líder,
pierden las razones para molestar. 15.39

Tú
Si lo expulsan, me encontrará por la calle. 15.39 ✓✓

Karen
Puede… Pero no le importas suficiente.
Ahora estás en clase todos los días.
Pero cuando vaya a otro colegio,
tendrá otras cosas de las que preocuparse. 15.39

Tú
Y si no lo expulsan? 15.39 ✓✓

Karen
Lo expulsarán. Promise.
Entre tú y yo hay pruebas para eso y mucho más.
Suplantó tu identidad!
Ha compartido toda esa información
nuestra por internet!
Podemos demostrar que fue él. 15.40

Tú
Cómo puedes saber tanto del tema? 15.41 ✓✓

Karen
Porque ya lo he vivido antes. 15.42

Tú
Oh… 15.42 ✓✓

Karen
El año pasado celebré una fiesta,
pero mis padres no me dejaron invitar a unas chicas
que todos sabemos que siempre se emborrachan. 15.43

Karen
Pues ellas pagaron a un chico para fingir que yo le gustaba.
Nosotros solo nos besamos.
Pero él robó ropa interior de mi cuarto
y empezó a contar que habíamos hecho más.
Ellas convencieron a toda la clase de que era verdad
y todo el mundo las creyó.
Nadie quiso escucharme a mí, ni ser mis amigos.
I became NAUGHTY KAREN en todo el colegio.
It was horrible... 15.44

Tú
Joder, lo siento muchísimo... 15.44 ✓✓

Karen
It's fine. Las chicas pueden ser muy crueles, believe me.
Por eso, hazme caso. Cuéntaselo a tus padres,
habla con ellos y deciden.
Callarse no es opción.
Yo peleé y las expulsaron.
Mañana termina toda esta historia, de un modo u otro. 15.45

Tú
Eso es lo que me preocupa.
"de un modo u otro". 15.45 ✓✓

JUEVES

Grupo LOS AMOS DE CLASE

Borja
Tíos, os necesito. Sé que estáis en clase,
pero es importante.
Si leéis este mensaje, decídselo a los demás.
La Rata está contando mentiras sobre mí ahora mismo
para que me expulsen.
Tenéis que desmentirlas, entendido?
Yo no le he hecho nunca NADA ni a él ni a la nueva.
Estoy en dirección! 10.35

Borja
No me dejéis colgado aquí!!
GONZALO, me sale como leído este mensaje. Pon algo.
Cabrón, que digas algo!
Avisa a todos y que desmientan lo que están diciendo
estos dos!! 10.38

Borja
Venid ahora en el cambio de clase y defendedme
delante de la directora!
Decidles que fueron ellos los que malmetían contra nosotros!
Yo solo os defendí.
Y respecto al otro día:
TODOS visteis cómo se metía conmigo
e intentaba pegarme una patada él.
O NO???? Venid ahora, tíos! Me están diciendo que
pase!! 10.42

Borja
POR QUÉ LECHES NO DECÍS NADA AHORA?
Os juro que os arrastro conmigo. 10.44

Borja
Quién fue tan gilipollas de grabar la pelea el otro día?!?!?
Sois la mierda. Cómo se os ocurrió grabarlo??
Le ha llegado a la directora el vídeo!
Y encima habéis cortado la parte en la que él se metía conmigo.
QUE ME RESPONDÁIS!! 10.58

Borja
Sois la mierda. Todos. TODOS.
Me han expulsado. Así que solo me queda deciros:
QUE-OS-JO-DAN. Espero no volver a veros en la vida.
Traidores. Cobardes. 11.03

Borja
Y a ti, Rata, ya te pillaré algún día. 11.05

Tú
A mí? 11.05 ✓✓

Borja
Sí, a ti. Por chivato. 11.05

Has hecho una captura de pantalla
Has enviado la imagen Capt_AmenazaBorja.jpg

Tú
Ahora mismo estoy enviando esta imagen a mis padres.
Solo por si me pasara algo,
que no cupiera duda de quién ha sido. 11.06 ✓✓

Borja
Púdrete, rata. 11.07

BORJA ha salido del grupo

Conversación con KAREN

Tú
Y… fin. 23.40 ✓✓

Karen
Not the end! Solo otro principio.
Estás ensayando para mañana? 23.40

Tú
Sí. Estoy nervioso, pero tienes razón, que si no voy me arrepentiré toda la vida.
Aunque vengan a reírse de mí. 23.41 ✓✓

Karen
No lo harán.
Y eso debes hacerlo por ti, no por ellos. 23.41

Tú
Si me dejas, lo haré por ti también. 23.41 ✓✓

Karen
Me parece perfecto. Me voy a dormir ya.
Que termines bien de ensayar.
Hoy has hecho algo muy grande y muy valiente. 23.42

Tú
Y no lo habría podido hacer sin ti. 23.43 ✓✓

Karen
Pocas veces los valientes luchan solos. 23.43

VIERNES

Grupo LOS AMOS DE CLASE

Gonzalo
Suerte hoy, Guille. 17.20

Sergio
Mucha mierda, que se dice. 17.24

Tú
Gracias, a vosotros también. 17.25 ✓✓

Sergio
No vamos a tocar.
Borja ha dicho que no quiere volver a saber de nosotros ni del grupo.
Así que nos hemos desapuntado. 17.25

Tú
Pues lo siento. 17.26 ✓✓

Gonzalo
Es lo que hay.
Una cosa… Quizá podamos hablar más adelante.
Por si quieres que volvamos a montar el grupo. 17.27

Tú
Te agradezco la oferta,
pero creo que será mejor que no.
Le he cogido el gusto a trabajar solo. 17.34 ✓✓

Gonzalo
Claro. Normal.
Lo dicho, mucha mierda, y si podemos nos pasamos hoy. 17.35

Conversación con KAREN

Karen
Llegué! 19.10

Tú
Te veo desde bambalinas. 19.12 ✓✓

Karen
Suerte. It's going to be awesome!
Está LLENO. 19.12

Tú
Me sudan las manos, ja, ja… estoy nervioso. 19.12 ✓✓

Karen
Mi papá siempre dice que los nervios
nos permiten estar alerta para no fallar. 19.13

Tú
Tu padre es muy sabio y aún no me lo has presentado,
quiero conocerlo! 19.13 ✓✓

Karen
Bueno, en realidad ya lo conoces, je, je... 19.13

Tú
Cómo que lo conozco? 19.13 ✓✓

Karen
Sí, pero con otro nombre. Bandit. 19.14

Tú
QUÉ?! QUÉÉÉÉÉÉÉÉÉÉÉÉ?! ESTÁS DE BROMA, NO?
JA, JA, JA, DEJA DE REÍRTE DE MÍ.
LO HACES PARA QUE ME RELAJE. 19.14 ✓✓

KAREN te ha mandado una foto

Tú
Es un montaje. 19.15 ✓✓

Karen
Nope. Es él y mi mamá y yo
de vacaciones el pasado verano. 19.15

Tú
Es tu padre? EN SERIO?! No puede ser.
Y POR QUÉ NO ME LO HAS DICHO?!?!?! 19.15 ✓✓

Karen
Porque siempre que lo digo
la gente empieza a comportarse raro conmigo.
A veces bien y otras mal. 19.16

Tú
Eres la hija de Bandit. 19.16 ✓✓

Karen
Lo soy. 19.16

Karen
A lo mejor algún día tú puedes
ir a mi casa para que te oiga tocar.
Seguro que le gusta! 19.17

Tú
ME DICES QUE BANDIT PUEDE QUE
ESCUCHE MIS CANCIONES
Y ME PIDES QUE NO ESTÉ NERVIOSO?! 19.17 ✓✓

Karen
YES! Y ahora no pienses en ello y prepárate.
Te toca. 19.17

Las espinas de la realidad

María Herrejón

Cuando me propusieron escribir este libro sentí una mezcla a partes iguales de miedo y de emoción. Emoción porque me siento muy afortunada de poder hacer llegar un mensaje de esperanza a todas las personas que tienen que lidiar con algo tan horrible como es el *bullying*, y miedo porque para mí esto significaba abrirme en canal y enfrentarme a mi pasado. Decidí reunir todos los fragmentos que pude recopilar de cuando plasmaba toda mi rabia y dolor en aquellas libretas que tenía escondidas en mi habitación. Ha sido volver a revivir momentos que fueron muy duros con personas que he tratado de olvidar. Con esto solo quería compartir mi historia y transmitir toda la esperanza del mundo y decirle a quien me esté leyendo que lo más importante de todo es luchar y seguir adelante. Aquí os dejo un pedazo de mi vida, y por lo tanto de mí y de cosas que me han llevado a ser la persona que soy ahora.

Abril de 2002

Enana, mono, gnomo, chimpancé... Esos son algunos de los insultos que recibo cada día y desde hace mucho.

Solo mido unos centímetros menos que la mayoría de mis compañeros, pero eso parece ser mucho más que suficiente para convertirme en el centro de todas las burlas. Y por si eso no fuera poco, además siempre he tenido mucho vello, sobre todo en los brazos, y al parecer eso me convierte en un ser anormal, una especie de criatura que se ha escapado del Amazonas y se ha colado en un colegio.

Por algún motivo que no alcanzo a entender, me insultan continuamente y me hacen creer que no soy normal. ¿Será verdad? Puede que tengan razón y no sea normal, que no sea como ellos... Pero ¿qué puedo hacer?

Solo quiero que me dejen en paz. Yo no fastidio a nadie y no entiendo por qué tienen que venir a fastidiarme a mí y atacarme con su odio. Me gustaría saber qué es encajar, pertenecer a algo y tener amigos que me entiendan, pero parece que eso está lejos de ocurrir.

Enero de 2003

Por mucho que me esfuerzo no entiendo qué ocurre. Desde hace tanto tiempo existe una barrera entre mis compañeros y yo que no logro comprender. No sé qué puedo estar haciendo mal y qué es eso de mí que tanto les molesta, pero estoy cansada de intentar gustarle a gente que lo único que hace es intentar destruirme.

Me toca las narices seguir las normas o hacerle caso a la gente que intenta obligarme a hacer lo que ellos quieren que haga. Es posible que ese sea uno de los motivos por los que tanto me odian. Están acostumbrados a que todos hagan lo que dicen siempre y a mí no me da la gana. Yo haré lo que me apetezca y cuando me apetezca y no cuando alguien venga a mandármelo. No sé quiénes se creen que son, pero estoy harta.

La verdad es que pueden ser muy dañinos cuando quieren. Sinceramente, no sé qué gana una persona hiriendo a otra. Si quieres que juegue a tu juego no lo vas a conseguir insultándome por no hacerlo cuando no me apetece.

Noviembre de 2003

El primer año de instituto no está siendo nada fácil, la verdad. Ahora tenemos taquillas donde guardamos nuestros libros y mochilas, y no es la primera vez que me encuentro un mensaje dentro con un insulto anónimo. El insulto escogido para hoy era «mono asqueroso». Sinceramente, estoy hasta las narices de estas estupideces y de la gente. Estoy muy cansada de tener que luchar una y otra vez con gente que lo único que busca es hacerme la vida imposible cuando yo me limito a hacer lo que a mí me da la gana sin molestar a nadie.

Solo hay tres compañeras con las que me llevo bien, aunque de vez en cuando me dejan sola para irse con las llamadas «populares», así que la verdad es que tampoco puedo fiarme mucho, pero es lo único que tengo. Me da mucha rabia tener que conformarme con esto, no sé por qué tengo que aguantar estas tonterías y no sé por qué tengo que aguantar a todas estas personas estúpidas y engreídas que te insultan y te marginan por el mero motivo de no ser como ellos.

Pues me alegro. Me alegro de no ser como ellos, porque les odio.

Febrero de 2004

Sabía que ocurriría. Sabía que ellas me traicionarían y sabía que me la iban a jugar. No sé cómo he sido tan tonta y he podido confiar en que las cosas serían distintas. No puedo creer lo que me han hecho, no entiendo cómo alguien puede tener tanta maldad dentro.

Cuando estaba en casa, he recibido una llamada de una de mis tres compañeras con las que tenía relación. Ha empezado a hablarme muy enfadada sobre una discusión que había tenido con las otras dos y a criticarlas. Nunca me han gustado esas cosas y juro que yo solo me limitaba a escuchar y decirle que tendría que solucionar el problema con ellas. Sin embargo, ella insistía e intentaba meter mierda para que yo saltara y hablase mal también, pero yo no cedía en ese juego, porque siempre he preferido decir las cosas a la cara, así que le dije que si pensaba que eran idiotas tendría que decírselo a ellas.

Un instante después recibí la llamada de otra de mis compañeras y volvió a ocurrir exactamente lo mismo. Se pasó los siguientes veinte minutos hablando mal de las otras dos y diciendo lo mal que le parecía lo que habían hecho. Yo volví a decir lo mismo, que el problema era cosa de ellas. Pero ya estaba empezando a cansarme y no me olía nada bien todo aquello.

Cuando recibí la tercera llamada lo supe. La última de las tres hizo exactamente lo mismo, hasta que yo, más que harta, le dije que las tres eran idiotas y unas crías infantiles. Al segundo pusieron el altavoz y dijeron que estaban todas juntas, como sospechaba, y que habían hecho todo eso para comprobar que yo era una mala persona que las criticaba a sus espaldas. Increíble. Se pasaron casi una hora hablando mal las unas de las otras en «broma» hasta hartarme y utilizaron en mi contra lo que dije cuando las descubrí.

Esa ha sido su excusa para dejar de hablarme y de juntarse conmigo, muy sólida por supuesto...

De todas maneras lo único que me han hecho es un favor, porque gente como esa la quiero lo más lejos posible.

Mayo de 2004

Este curso está siendo duro. Desde lo que pasó con mis compañeras no hablo casi con nadie. Estoy completamente sola. Y todo se hace cada vez más difícil.

Por lo menos se acerca el verano y solo puedo desear que lleguen ya las malditas vacaciones.

Pero ahora viene lo peor. Las clases de educación física se pasan a la piscina. No lo soporto, odio ir a la piscina y tener que quedarme en bañador delante de todos ellos.

Hago gimnasia rítmica desde muy pequeña y debido a eso no estoy igual de desarrollada que las demás niñas. Como si ya no tuviese suficiente con los demás insultos, ahora también tengo que pasar por esto. Son tan crueles que no podría explicarlo. Han conseguido que odie cada parte de mi cuerpo, cada centímetro de mí, ese reflejo que tengo que ver todos los malditos días en el espejo.

Lo han conseguido. Ellos han ganado, han conseguido lo que querían y me odio a mí misma casi tanto como les odio a ellos por hacerme esto. No quiero ser yo, solo me gustaría ser cualquier otra persona en el mundo, pero no yo.

Junio de 2004

Hoy estaba en el vestuario con el resto de mis compañeras, después de volver de la piscina, y cuando he salido de la ducha, toda mi ropa había desaparecido. Me quería morir, no sabía qué hacer y solo quería que la tierra me tragara.

Me ha tocado ir con una toalla enrollada hasta la secretaría y pedir ropa que hubiese en objetos perdidos para poder vestirme. Esto ha hecho que llegue tarde a clase y he recibido además un castigo.

O sea, no solo me han quitado mi ropa y me han humillado haciéndome llevar durante todo el día ropa que otras personas habían perdido, pues no me devolvieron la mía, sino que además me ha tocado a mí cumplir un castigo. No consigo entender que las cosas sean tan injustas y lo único que quiero es mandar a la mierda a todo el mundo. No sé por qué me hacen pasar por todo esto, pero ya se está haciendo insoportable y no creo que pueda aguantar mucho más sin hacer nada.

Junio de 2004

Hoy un chico de mi clase se ha acercado hasta donde yo estaba comiendo, sola como siempre, se ha subido a la mesa y después de escupir en mi comida se ha puesto a gritar como un loco que cualquier persona que se acercara a mí era una perdedora y que se preparara para lo que pudiese pasar.

Además de eso, el insulto favorito de mis compañeros es «Hobbit». Así es cómo me llaman. El nombre en sí no es tan malo. Yo asumo que soy más bajita que los demás, y eso no me supondría un problema si no fuese porque ellos hacen que suene como la palabra más desagradable y degradante del mundo.

Prácticamente me escupen las palabras a la cara haciendo que me sienta un monstruo. Y lo peor de todo es que a veces consiguen que me sienta así, cuando, claramente, los únicos monstruos que existen son ellos. He llorado tanto que ya no sé si me quedan lágrimas.

Pero ya queda menos...

Solo tengo que aguantar un par de semanas más.

Septiembre de 2004

Empieza el nuevo curso y todo va a terminar. Se acerca el primer día de clase y estoy realmente nerviosa porque sé que las cosas cambiarán. Yo voy a ponerle fin a todo esto.

Además, este año me han tocado compañeros nuevos en clase, porque pedí un cambio. Espero que las cosas mejoren y conseguir encontrar mi lugar y, sobre todo, dejar de sentirme inferior y machacada por mis compañeros, eso se va acabar.

Las clases empiezan dentro de una semana y apenas puedo dormir pensando en lo que puede ocurrir, y sobre todo en tener que volver a ese lugar. Ojalá todo vaya bien.

Septiembre de 2004

Sigo teniendo compañeros con los que ya he tenido problemas, pero parece que hay luz y esperanza. He tenido un buen acercamiento con los nuevos compañeros con los que no había tratado hasta ahora y creo que puedo encajar bien con ellos.

Han sido agradables conmigo y la verdad es que incluso me han dicho de ir con ellos durante la hora del recreo. Hacía mucho que no pasaba la hora del recreo con nadie. Hemos jugado a baloncesto. Qué irónico teniendo en cuenta que lo que llevo recibiendo son insultos por mi altura, ja, ja, ja. La verdad es que no se me ha dado mal.

Estoy feliz. Ha sido maravilloso tener gente con la que hablar. Hay en concreto un chico con el que me he llevado muy bien y hemos hablado de música y de muchas otras cosas que al parecer tenemos en común. Me siento liberada y creo que por fin tengo las fuerzas que necesito. Espero que todo siga igual de bien y no sea otra trampa más en la que caer.

Noviembre de 2004

Se han terminado los insultos. Soy consciente de que hablan de mí a mis espaldas pero eso no me importa en absoluto, ¡que les den! He vuelto dispuesta a pelear con quien se me ponga por delante, y además mis nuevos amigos me han dado las fuerzas que necesitaba.

Es increíble lo que el apoyo, aunque solo sea de una persona, puede hacer por ti. Cuando notas que alguien te entiende, que le gustan las mismas cosas que te gustan a ti y hace que te des cuenta de que no eres ningún bicho raro, que solo eres una persona especial que no sigue las normas de los demás.

Ya no me callo nada. No les dejo pasar ni una. Si vienen con un insulto, se llevan uno peor; y si vienen con ganas de bronca, me encuentran. Ya no me escondo de nada ni de nadie. Ahora va a comenzar mi vida y empezaré a disfrutar de mis cosas y no permitiré que unos idiotas me sigan amargando.

Siempre habrá gente que te critique por detrás, pero eso me da igual, ellos sabrán lo podridos que están por dentro. Lo que tengo clarísimo es que no permitiré que se acerquen a mí, ya no más.

He hablado mucho con mi madre sobre esto y ella me ha ayudado a darme cuenta de que tengo capacidad más que suficiente para responder y dejar mal a la gente que pretende destruirme. Además, también he ido a ver a un psicólogo que me ha ayudado mucho: a comprender que muchos insultos y cosas que me han hecho son el reflejo de la envidia, de personas que no tienen personalidad, de gente que hace pagar sus propios problemas haciendo que los demás se sientan peor para sentirse ellos mínimamente bien consigo mismos.

Enero de 2005

Mi situación familiar no es la más fácil del mundo en este momento. Además de no tener la mejor de las relaciones con una parte de mi familia, tengo la desgracia de que una de las personas más importantes de mi vida ha enfermado de gravedad.

Sinceramente, las cosas en el colegio están mucho mejor que antes. Sigo lidiando con imbéciles, pero dada mi situación fuera del colegio, nada de lo que me puedan decir me importa lo más mínimo. Estoy tan enfadada con la vida... No puedo entender que, ahora que todo empezaba a ir mejor, decida atacar a uno de los pilares más importantes para mí.

Pero tengo que tener fuerza, es lo único que me queda. He conseguido construir una fortaleza a mi alrededor que me ha costado años. He logrado hacerme un escudo contra los idiotas y sus estupideces, y debo mantenerlo.

No sé por qué la vida es tan complicada y por qué a mí me ha tocado luchar tanto, pero sé que algún motivo debe de haber, y por mis narices que pienso luchar con todas las fuerzas que tenga para ganar la guerra a todos y cada uno de los obstáculos y personas que se han puesto en mi camino y que han intentado hundirme.

Abril de 2005

La verdad es que he notado que mi corazón se ha ido haciendo de hielo. Soy una persona mucho más desconfiada que antes y por mucho que las cosas hayan mejorado no bajo la guardia ni un solo momento.

No puedo permitir que me hagan daño otra vez. Sé que pasará, pero tengo que intentar evitarlo a toda costa porque ha sido demasiado. Me considero una persona mucho más fuerte ahora y no me dejo pisar por nadie, pero es un esfuerzo constante ir cargando con un escudo tan grande.

Afortunadamente, tengo unos amigos estupendos ahora, a los que veo los fines de semana y con los que paso el tiempo durante los recreos. Hacen que me sienta bien y acogida, pero por desgracia hay gente a la que aún tengo que soportar y que me recuerda día tras día todo lo que me han hecho pasar.

Es increíble hasta qué punto el colegio determina con quién tendrás que pasar los años más cruciales de tu vida. Tantos años juntos, tanto tiempo. Eso te marca de por vida, y a mí desde luego me ha dejado una señal imposible de borrar.

Septiembre de 2005

He tenido que dejar la gimnasia rítmica y eso ha supuesto un cambio físico en mí bastante importante. Yo no estaba apenas desarrollada y ahora ha empezado a crecerme el pecho y he aumentado de peso. Me horroriza la idea de tener pecho y me horroriza que mis compañeros me miren ahora de otra manera solo por el hecho de empezar a tenerlo.

Es tan desagradable. Esas mismas personas que me insultaban y me hacían creer que no valía una mierda ahora se acercan a mí solo porque me están saliendo dos malditas tetas. No tenía ni puñetera idea de que vivíamos todavía rodeados de neandertales. La forma en que miran y hablan es asquerosa.

Siempre me han hecho creer que era una mierda, pero hacerme creer que soy un trozo de carne que probar en cualquier momento es un sentimiento igual de repulsivo.

Enero de 2006

Dentro de mi grupo de amigos hay un chico con el que me relaciono mucho más que con los demás. Nos escribimos todos los días y hablamos de todo tipo de cosas. Es una persona estupenda y creo que me gusta, pero mis inseguridades no me permiten abrirme de esa manera. No puedo mostrarme tan vulnerable ante alguien que quizá acabe siendo como todos los demás. No quiero pasar otra vez por eso.

Pero él no me mira de la misma manera. Llevamos hablando mucho tiempo y no me mira con esa mirada sucia que hace que te sientas como si fueses un simple objeto que alguien puede usar cuando le apetece en un momento determinado.

Además, siempre voy vestida con la ropa más holgada que tengo y me tapo todo lo que puedo, no quiero que me vean y no quiero que se les pase por la cabeza nada que tenga que ver conmigo. Solo quiero ser invisible y que me dejen en paz.

Marzo de 2006

Hoy me ha pasado algo horrible. Estaba en mi taquilla y un compañero de clase ha venido por detrás y me ha intentado meter mano mientras me sujetaba. No sabía muy bien cómo reaccionar, era en un descanso y no había nadie, así que solo he podido pegarle una patada en la pierna para conseguir que me soltara. Me ha empezado a insultar llamándome muchas cosas que prefiero no repetir.

En ese momento me he vuelto loca. Lo he empujado contra la taquilla y, mientras le presionaba el cuello, le he dicho que como se le volviese a ocurrir hacerme algo así se arrepentiría. Notaba que el fuego salía por mis ojos, lo sentía. Estaba furiosa y le hubiese partido la cara en ese mismo momento. Le he soltado y me he ido lo más deprisa que he podido.

Conforme me alejaba he notado que se me saltaban las lágrimas de la rabia. Jamás me había sentido tan mal y te juro que podría haberlo matado.

Abril de 2006

Hoy es mi cumpleaños. Ha sido un día como cualquier otro, pero he recibido algo muy especial. Ese chico del que te he hablado me ha hecho un regalo y me lo ha dejado en la taquilla. El regalo es maravilloso y la verdad es que tiene mucho significado. Me ha alegrado el día y me he sentido especial.

Y, por cierto, esa persona con la que tuve el encontronazo no se ha vuelto a acercar a mí. Agacha la cabeza cuando me ve y no se ha dignado a volver a hablarme, y espero que siga así. Todo lo demás sigue bastante bien. Sus amigos me han dejado en paz y las típicas niñatas de clase están demasiado ocupadas con hacerse las uñas como para molestarme, así que todo bien.

Mayo de 2006

He quedado con el chico del que te he hablado. Ha sido maravilloso. Hemos ido al cine, hemos tomado un helado y me he sentido realmente a gusto con él. Me gusta mucho, pero hay un problema. No creo que sea capaz de lidiar con mis inseguridades todavía. No estoy preparada para enfrentarme a mí misma de esa manera y por lo tanto sé que no me entregaré de la manera correcta, y él se merece todo.

He decidido que optaré por mantener la amistad. Él es la primera persona que me ha demostrado ser de verdad mi amigo, mi mejor amigo. Confío en él, hace que me sienta bien y estoy muy cómoda cuando estamos juntos. No puedo arriesgarme a perder esa amistad con él y sé que posiblemente me arrepentiré de no haberlo intentado, pero en este momento lo que más necesito es un amigo de verdad.

Noviembre de 2006

La verdad es que las cosas cada vez van mejor porque yo cada vez me siento más fuerte. Siento que nada puede pararme y nadie se atreve ya a decirme nada, al menos no en la cara.

Pero poco queda de la persona que era antes. No confío en la gente, y no me gusta que se acerquen a mí. He de admitir que me han convertido en una persona más hermética, no comparto mis cosas y me cuesta horrores abrirme a alguien. Es mi forma de protegerme ante la posibilidad de que vuelvan a dañarme.

De todas maneras voy entendiéndome mejor a mí misma y me he dado cuenta de lo feliz que me hace ser diferente de los demás. Es muy duro luchar por ser diferente porque a la gente le aterra todo lo que implique entender o comprender algo que no sea como ellos, pero me da completamente lo mismo. Me gusta como soy y me considero una buena persona. Nunca le he hecho daño a nadie y todo lo que me aleje de ser como el resto de personas con las que he tenido que convivir solo me hace desear luchar con más fuerza.

Mayo de 2007

Mis notas no están siendo nada buenas, pero ha sido un mal momento. He tenido un momento de bajón y la situación fuera del colegio no está ayudando en absoluto.

No estoy nada centrada y además hay un profesor que me hace la vida imposible.

Sé que suena a excusa pero es la verdad, todo lo que hago está mal, nunca es suficiente y sé que mira con lupa cada movimiento que hago.

No tengo tiempo para esto.

Septiembre de 2007

Tengo que repetir curso. Mi corazón está roto de pensar que tengo que pasarme un año más en esa puñetera cárcel del infierno y todo por una maldita asignatura. Sabía que ese desgraciado me fastidiaría y lo ha conseguido.

No estoy preparada para conocer gente desde el principio y tener que integrarme otra vez. ¿De qué han servido todos mis esfuerzos? Joder, no me lo puedo creer.

Llevo todo el día llorando y me quiero morir. ¿Qué narices he hecho mal para que la vida tenga que darme tantos palos? No lo puedo entender. Esto era lo que me faltaba. Si no he recibido ya suficientes insultos a lo largo de mi vida, más me vale prepararme para los que me esperan ahora.

JODER.

Febrero de 2008

He de decir que las cosas están yendo mejor de lo que esperaba. He encontrado un grupo de personas con las que encajo muy bien y estoy todo el tiempo con ellas. Me han acogido muy rápido y me siento muy cómoda, me siento yo. Presiento que puedo ser yo misma y hacía mucho tiempo que no percibía eso.

Pero no todo es bueno. Como en todas partes también hay una buena dosis de imbéciles que no me lo están poniendo fácil.

Lo mismo de siempre, pero con gente nueva. Eso sí, yo ya no soy la misma y ahora no me callo ni una. Si tengo que enfrentarme a un maldito ejército de mamarrachos lo haré, puedo con ellos y con cien más.

Abril de 2008

Hacía mucho que no celebraba mi cumpleaños. No era algo que me hiciese especial ilusión y no había gente con la que me apeteciese hacerlo, pero ahora sí. Ayer fuimos a cenar mis amigas y yo, y la verdad es que disfruté muchísimo.

Luego fuimos a la bolera y al cine. Hacía tiempo que no me sentía tan bien y encontraba gente con la que hacer planes y conectar. Creo que repetir curso es lo mejor que me podía haber pasado.

He dejado atrás a mucha gente mala, y aunque, como ya he dicho, idiotas los hay en todas partes, no me hacen la vida imposible desde hace catorce años, así que no podemos decir que sea comparable, ja, ja, ja.

Enero de 2009

Todo sigue exactamente igual.

Mi grupo de amigas y yo somos como las frikis de clase, pero eso es algo que está lejos de molestarme, todo lo contrario, me hace feliz. Me hace feliz ser diferente a los demás pero formando parte de algo. La verdad es que se lleva mucho mejor que estando sola.

Quedamos para hacer *brownies* mientras escuchamos música y jugamos a la Play. Estos son el tipo de planes que a mí me gustan.

Las cosas empiezan a ir cada vez mejor.

Marzo de 2009

Por fin han llegado las vacaciones de Fallas y por primera vez estoy saliendo todas las noches a las verbenas, vamos a las *mascletàs* e incluso a tirar petardos como si fuésemos niñas.

Pero así es como me lo paso, como una niña. Estoy feliz de poder hacer lo que me dé la gana sin que nadie mire y me diga gilipolleces solo porque no hago lo que esperan que haga.

¡Qué liberación!

Septiembre de 2009

Empieza el que oficialmente será el último puñetero año que pase encerrada en este maldito colegio. Me da pena porque el lugar no tiene culpa de que me haya tocado vivir encerrada tantos años con gente que solo pretendía destruirme.

Pero ya no queda nada. No puedo creerme que después de toda una vida esto ya se vaya a terminar.

Abril de 2010

Hoy una amiga mía ha celebrado su cumpleaños, y he conocido a un chico supersimpático y agradable en la fiesta. Tengo que decir que también es muy guapo, y nos hemos caído muy bien.

Cuando he llegado a casa me había agregado a Facebook y me había escrito un mensaje al teléfono para vernos algún día y tomar algo, y creo que le diré que sí. Ya veremos qué pasa.

Abril de 2010

He quedado con este chico, y ha ido genial. Bueno todo genial salvo porque, en la primera cita con él, va y me pica una avispa en el culo, ja, ja, ja. Madre mía, si es que estas cosas solo me pasan a mí.

Me he pasado media cita yendo a la farmacia y pidiéndole que me pusiera pomada en la nalga. Si es que no se puede dar más vergüenza que yo. Pero he de decir que nos hemos reído mucho y que él ha sido muy considerado.

Hemos vuelto a quedar para otro día, así que parece que la cosa marcha bien.

Mayo de 2010

Ha llegado el momento. Después de dieciséis años en este lugar, me gradúo y perderé de vista a toda la gente que día tras día me ha hecho tanto daño. No puedo creer que por fin pueda desaparecer.

Voy a empezar la universidad, conoceré gente nueva y volveré a nacer. Será como un nuevo comienzo, como cuando una serpiente se desprende de su piel anterior. Lo dejaré todo atrás y podré ser yo.

Septiembre de 2010

Ya no estoy con ese chico. La verdad es que le guardo mucho cariño, pero no llegué a sentir todo lo que debería como para seguir en una relación, y yo no quería engañar a nadie.

De todas formas, lo único que puedo pensar es que en una semana empiezo la universidad y estoy atacada de los nervios. Necesito saber ya cómo serán mis compañeros, el lugar, las clases, los profesores... ¡Ay, Dios mío! Como siga así me va a dar un jamacuco.

En fin... Ya te contaré.

Abril de 2011

La universidad está yendo increíble. Hay gilipollas, como en todas partes, pero la verdad es que me siento bien y por fin puedo decir que soy feliz.

Ya no me relaciono con el grupo de amigas que tenía en el colegio porque resultó que no eran como yo creía. Pero no es la primera vez que me llevo una decepción, y tengo más que claro que no será la última. No quiero gente mala a mi alrededor, así que lo mejor que he podido hacer es alejarme de todo aquello.

Agosto de 2014

La época de la universidad ha sido maravillosa. La gente viene y va y eso es algo que aprendes con el tiempo. Dos personas a las que estaba muy unida me la han jugado por la espalda, así que tengo una nueva cicatriz, pero, como ya he dicho, lo mejor es mantener a la gente mala alejada de ti.

El tiempo pone a cada uno en su lugar y la vida te va demostrando cómo es cada uno y te va dejando ver la realidad de las personas. Yo he visto la fea realidad de mucha gente a lo largo de mi vida y eso no cambiará. Seguirá siendo así.

Simplemente, ahora estoy más curtida y no dejo que las cosas me afecten. Si una persona es mala y te quiere hacer daño, mejor que te des cuenta y puedas alejarla de tu vida todo lo posible. Más vale tener pocos amigos y buenos que creer que tienes muchos y que ninguno lo sea de verdad.

Marzo de 2017

Han pasado tantas cosas. A día de hoy estoy en el momento más maravilloso de mi vida. Tengo a mi familia, tengo un grupo de amigos a los que adoro y que me adoran. Estoy haciendo lo que me gusta. Vivo en otra ciudad, tengo mi trabajo, mi piso, mi vida.

Y lo más curioso de todo es que ahora me siguen miles de personas. Todo empezó con unos vídeos cortos míos diciendo gilipolleces, así como soy yo. Y de repente me encuentro en medio de una comunidad maravillosa de gente que me apoya incondicionalmente y que vale su peso en oro.

Además de eso, muchas de las personas que en su momento me intentaron hundir ahora contactan conmigo para decirme lo fenomenal que me ven, y yo solo puedo sentarme, sonreír y pensar que la vida le depara cosas buenas a la gente buena y que el refranero español es muy sabio porque «El tiempo pone a cada uno en su lugar».

Muchas de las personas que ahora me siguen comparten sus historias conmigo y me cuentan lo que están sufriendo y lo mal que otras personas se lo hacen pasar. Y me da muchísima rabia pensar que ellos tengan que pasar por lo mismo, pero desde aquí solo puedo deciros que tenéis que ser fuertes, luchar con uñas y dientes, porque puede que ahora no parezca posible, y yo he sentido mil veces en la vida que lo único que quería era desaparecer, pero os juro que todo mejora y que todo saldrá bien. Si estás leyendo esto, por mucho que creas que nunca pasará, solo tienes que saber que luego ganas tú.

Seremos leonas

JEDET SÁNCHEZ

Siempre he sentido que no encajo en ningún lugar, que no me divierto con las cosas que divierten a las demás. Cuando era niño me pasaba horas jugando con las muñecas de mis primas, dibujando, prefería quedarme escuchando las historias que los mayores contaban en las comidas familiares a ir a jugar con las de mi edad, amaba cantar y bailar, estaba obsesionado con las chicas pelirrojas y con las de pelo largo, y si tenían el pelo largo yo corría tras ellas por la calle para tocárselo; reescribía los finales de mis películas favoritas en el caso de que no acabasen como yo quería y comía muchísimo para calmar la ansiedad que suponía para mí intentar encajar en un mundo con el que no me identificaba en absoluto, ya que no me permitían ser libre y en el que se encargaban constantemente de recordarme que lo que yo era no estaba bien o no era suficiente.

–¡NO COMAS TANTO!

–¡LOS NIÑOS NO JUEGAN CON MUÑECAS!

–¿Por qué no te apuntas a fútbol?

–¡Has cogido mucho peso!

–¿OTRO SUSPENSO?

–Eres tonto.

–¿Cómo puede ser que no sepas la raíz cuadrada de 144?

–GORDO.

–MARICÓN.

–Eres demasiado sensible.

–VIVES EN UN MUNDO DE FANTASÍA.

–¿Tienes noviA? ¡Seguro que tienes a todas LAS NIÑAS locas!

Soñaba con ser una estrella de cine, crecí fascinado por Marilyn Monroe y de alguna manera me obsesioné con la idea de que, para conseguir ser inmortal como ella, debía protagonizar muchas películas y dejar que me hiciesen muchas fotos, aunque odiaba las fotos. Siempre he sido una persona muy insegura. Cuando iba en el coche con mis padres, me quedaba mirando al sol durante unos minutos con el fin de entrenar mi vista para los futuros flashes que me harían inmortal.

Una vez hice que mi madre me sacase una foto de perfil para ver cómo me veían las demás cuando estaba de lado. En la foto salgo pulsando un interruptor. No quería que el señor que tenía que revelarla pensase que era idiota estando quieto y de perfil, y se me ocurrió que el interruptor podía ser una buena excusa para parecer menos ridículo. Cuando mi madre trajo la foto revelada y vi mi perfil, me traumaticé; me traumaticé tanto que salí a la calle con bufandas durante dos semanas para ocultar todo lo posible mis «imperfecciones». Era junio, y como podréis imaginar no hacía tiempo para llevar bufanda, así que al final me rendí y me prometí ahorrar para algún día operarme y ser perfecto. **A lo mejor debería haberme prometido aceptarme como soy.**

Quizá leyendo todo esto os deis cuenta de que realmente soy inseguro, vulnerable, incluso ridículo, quién sabe, y también un gran soñador.

Como mi madre me recuerda siempre, vivo en un mundo de fantasía y soy demasiado sensible. Vivir en un mundo de fantasía se puede llegar a pagar muy caro si te rodeas de bestias carnívoras que desean devorarte porque te ven como a la presa más fácil y débil.

He tenido que enfrentarme a muchas situaciones desagradables por ser como soy, y estas han terminado haciéndome de titanio, me han convertido en una leona. Tampoco me ha quedado más remedio. Ahora soy una leona porque necesito proteger la gran sensibilidad que guardo dentro, en una caja fuerte y bajo llave. Me cuesta confiar en las demás y abrirme, aunque, una vez me demuestres con hechos que eres de fiar, me abriré por completo y te entregaré todo lo que tengo sin esperar nada a cambio.

He crecido rodeado de personas que han hecho que sienta que lo que soy está mal, personas que han intentado hacerme daño por ser distinto a ellas, pero también he tenido la suerte de crecer y estar rodeado de otras que me han amado y valorado incondicionalmente, tal como soy. Supongo que sin las malas experiencias no podríamos valorar las buenas, y cada persona que me ha tratado mal durante mi vida me ha recordado que debía valorar a las que me quieren y recordarles siempre lo mucho que las quiero yo a ellas.

Acosar a las demás está mal. No debemos odiar aquello que no entendemos, sino procurar saber más de ello y respetarlo siempre. El acoso que sufrí siendo niño y adolescente me ha servido para tener la fuerza y el coraje de plantar cara al *bullying* que he tenido que sufrir de mayor, ya fuese por mi condición sexual o por mi apariencia.

Soy un chico que se maquilla y que a veces lleva vestidos y faldas. En realidad, ni siquiera estoy seguro de ser un chico... Pero sea lo que sea, **nadie debería insultarme por ejercer mi derecho a ser libre**, ya que vestir como visto o amar a una persona de mi mismo sexo no hace daño a nadie.

Nadie debería sufrir acoso. Cada persona es única, y debemos valorarlas a todas por lo que son y no amargarles la existencia porque no son como uno cree que deberían ser. Soy un ser humano y, como tal, hay personas que no me gustan. Pero con el paso de los años me he ido educando para, al menos, respetar a las personas que no me gustan, ya que el hecho de que alguien no me guste no me da derecho a hacer que se sienta mal por lo que es.

Antes de terminar, quiero explicaros por qué me refiero a vosotras en femenino. Os hablo en femenino porque me refiero a vosotras, **LAS PERSONAS**, y las personas es femenino, por lo que incluyo a chicas y a chicos por igual.

Estoy aquí para prometeros que **TODO** saldrá bien, porque vosotras, sensibles y valientes, **VAIS A GANAR**, y esas personas que se dedican a complicaros la vida terminarán desapareciendo de vuestro camino; y con el tiempo y desde muy lejos tendrán que ver que **GANÁIS**, porque sois vosotras las que conseguiréis cambiar el mundo con vuestra fortaleza y con vuestros sueños, que espero sean muchos y muy grandes, incluso descabellados. **Todas sois unas reinas, todas os convertiréis en leonas.**

Voy a compartir con vosotras algunas historias y alguna reflexión que me han marcado mucho y que quiero que conozcáis. No todas son bonitas, no todas tienen un final feliz, pero os prometo que todas son historias que me han ayudado a crecer, e incluso en algunas ocasiones a sentirme invencible.

1. EL INSTITUTO

1.1. VAMOS A POR TI

Oigo tus gritos.

Oigo tus risas.

Noto tus miradas de odio clavadas en mi espalda.

Cuento para relajarme. No quiero que me vuelva a dar otro ataque de ansiedad.

UNO

DOS

TRES

CUATRO

CINCO

SEIS

SIETE

...

Entro en clase, estoy a salvo. He conseguido librarme de tu violencia. Resuenan tus palabras en mi cabeza, las cicatrices que se curan cada vez que llego a casa y respiro tranquilo sabiendo que no podrás entrar en mi cuarto vuelven a abrirse un día más en el instituto.

No soy capaz de concentrarme en lo que la profesora explica, me pregunta la respuesta de una pregunta que ni siquiera he podido escuchar, y fallo. Vuelve a humillarme delante de todos. ¿Cómo no puedo conocer la respuesta a una pregunta que ya han hecho mil veces? Fácil, mi dolor no me lo permite.

Aún quedan cuatro horas en esta cárcel en la que me denigran a diario, pero soy fuerte, le rezo a mi tío Juan, le pido que por favor me haga inmune a tanto rechazo.

Es la hora del recreo. Ser «el gordo maricón» del colegio me garantiza la más absoluta soledad. No me importa, me encanta escuchar música y tengo un cuaderno en el que puedo dibujar. No necesito la compañía de nadie, me acompañan mis dibujos y mis ganas de ser una estrella de cine.

Tengo sed y me dispongo a cruzar el patio para ir a la fuente. En mis auriculares suena «Very Last Moment in Time», de Lindsay Lohan, hace sol y estoy contento porque junio se acerca y eso significa que cada vez estoy más a punto de poner fin a esta condena llamada instituto y poder disfrutar del verano en mi pueblo.

No hay nadie cerca de la fuente, así que me siento seguro.

Justo cuando estoy a punto de llegar, noto un golpe muy fuerte en la cabeza, que hace que me desplome.

Noto mi peso sobre el caliente asfalto que cubre el suelo, quiero moverme pero no soy capaz de hacerlo, ni siquiera soy capaz de abrir los ojos. De repente, oigo una voz cerca.

—¿Estás bien?

No puedo responderle. Ni siquiera recuerdo dónde estoy. Tras unos minutos voy recobrando el conocimiento, abro los ojos lentamente y veo a la monitora del patio, que me mira fijamente.

—¿Puedes decirme si estás bien?

Su forma de tratarme se aleja mucho de la delicadeza y la comprensión. Estoy aturdido y no entiendo qué ha pasado. Intento levantarme como puedo. Ella ni siquiera me ayuda a ponerme en pie. Parece importarle poco cómo me encuentre por mucho que insista preguntándomelo.

Miro mis pantalones tejanos. Ahora tienen un roto en la rodilla izquierda ensangrentada. Noto el latido del corazón en la cabeza y me mareo, pero le contesto a la monitora que estoy bien para que me deje en paz. Una vez obtiene su esperada respuesta, me mira con desprecio y se va.

Tras cumplir con el resto de clases llega mi momento favorito, el de subirme al autobús que me llevará a casa. Aprovecho para escuchar música y volver a leer un libro en inglés de Buffy Cazavampiros que compré el verano que visité Cambridge, pero no soy capaz de concentrarme... Sigo algo mareado y, aunque claramente recibí un golpe en la cabeza que hizo que me desplomase en el suelo, no entiendo quién pudo dármelo, pues estoy cien por cien seguro de que cerca de la fuente donde ocurrió lo sucedido no había nadie.

Llego a mi pueblo. Como cada tarde, mi madre viene a recogerme a la parada del autobús y me pregunta qué tal ha ido el día. Le contesto que muy bien para no preocuparla. Bastante tiene con aguantar al bloque de hielo de mi padre.

Una vez más decido eludir mis responsabilidades y paso de hacer los deberes, no me gustan las matemáticas, no las entiendo, no me parecen útiles... Enciendo el ordenador y me dedico a buscar noticias sobre Lindsay Lohan en internet.

«El corazón de la exestrella de Disney Lindsay Lohan vuelve a estar ocupado... ¡Por una mujer!»

¿Qué? ¿Lindsay está saliendo con una chica? Yo pensaba que le gustaban los hombres, no entiendo nada... ¿Y qué hay que entender? ¡Qué guay! Mi ídola está tan a otro nivel que se enamora de la persona sin importarle si es chica o chico. Me encantaría ser como ella...

Suena mi ordenador. No entiendo qué significa ese sonido. Con lo malo que soy con la tecnología, seguro que se me ha metido algún virus. ¿Qué? Acabo de recibir un mensaje.

Pocas veces he recibido mensajes, ni siquiera me acordaba del sonido con el que me notifican que me ha llegado uno, así que... estoy algo nervioso, podría incluso decir que me hace mucha ilusión haber recibido un mensaje. No puedo creer lo que estoy viendo. Es X. ¿Cómo ha conseguido mi correo? ¡Nadie tiene mi dirección!

El balonazo que te chuté hoy a la cabeza es solo

un aviso, maricón de mierda. Vamos a por ti.

Tengo mucho miedo, mi respiración comienza a agitarse, me está dando otro ataque de ansiedad, no puedo respirar.

UNO

DOS

TRES

CUATRO

CINCO

SEIS

SIETE

OCHO

NUEVE

DIEZ

ONCE

DOCE

TRECE

1.2. LA AMBULANCIA

—¡Cariño, despierta! Son las siete y cuarto, vas a perder el autobús.

—Mamá, me encuentro realmente mal, tengo mucha migraña... ¿Puedo quedarme hoy en casa? Por favor.

—Ni pensarlo, esta semana has faltado dos veces por lo mismo. Te tomas una pastilla y andando.

Finalmente, y muy a mi pesar, no perdí el autobús. Me monté en él aterrado sabiendo que teniendo mates a primera hora y al haber recibido esa amenaza por parte de X iba a ser un día muy complicado.

4,5 (SUSPENSO)

Genial, mi madre me va a matar.

Las horas pasan, las clases pasan también, soy incapaz de concentrarme, no doy una y nadie demuestra preocuparse por mí ni quiere ayudarme. Parece que solo están dispuestos a recriminarme que soy un inútil y a recordarme que, como siga así, acabaré repitiendo curso... otra vez.

Suena el timbre que me avisa de que es la hora del recreo. Hace un día realmente maravilloso, pero no me apetece salir. Tengo mucho miedo. No quiero ver a X ni a su pandilla. Consigo salir al patio por las escaleras de emergencia del instituto para que nadie me vea y me escondo detrás de los vestuarios para mantenerme seguro; allí nadie podrá encontrarme.

Oigo un ruido muy fuerte y me asusto muchísimo. Por favor, que no me hayan descubierto. De repente veo a lo lejos a muchísima gente corriendo hacia el centro del patio. Forman un círculo. Teniendo en cuenta que en este instituto son unos salvajes, no me extrañaría que se estuvieran peleando de nuevo, así que decido ponerme los auriculares para evadirme otra vez, pero con el volumen bajito para escuchar si alguien viene.

Les observo desde mi refugio. Siguen formando un círculo alrededor de algo y cada vez se unen más y más a contemplar el espectáculo que no alcanzo a ver desde donde estoy. De repente oigo una sirena a lo lejos. Es la sirena de una ambulancia, y un minuto después tres médicos entran en el patio y van corriendo hacia el sitio donde está todo el mundo.

No entiendo nada, y aunque me cuesta decidirme, al final corro hacia allí. Quiero saber qué ha pasado. Cuando llego no me lo puedo creer: toda la gente se había repartido alrededor de X que, tumbado en el suelo, gritaba mientras los médicos le examinan la pierna. Me fijo y veo que tiene muy mala pinta. Está llena de sangre.

A X se le ha salido la rodilla de su sitio mientras jugaba al fútbol. Yo, que había fantaseado con verle agonizar tantas veces... y ahora que le tengo aquí delante, sufriendo y con la rodilla dislocada, solo siento pena. La cosa no pinta bien y le suben a una camilla para montarle en la ambulancia.

La gente se aparta para dejar paso a los médicos que cargan la camilla, y cuando X pasa por mi lado, los médicos se detienen para hablar con un profesor que les pregunta algo que no puedo oír.

Tengo a X justo delante. Está sudado, manchado de sangre. Puedo leer en su cara que le duele mucho y que tiene mucho miedo. Puedo verlo porque estoy acostumbrado a vivir con miedo y sé cuándo alguien lo tiene. De repente me mira y me quedo helado.

Tengo la necesidad de decirle algo, siento unas palabras a punto de salir por mi boca, pero les cuesta. Finalmente consigo hablar:

—Siento que te hayas dislocado la rodilla y que te duela tanto... Espero que te recuperes.

X me coge de la mano y me mira fijamente a los ojos. Es la primera vez que me toca y no tengo miedo.

—Lo siento, Jedet, por todo.

2. LA FAJA

Me había comprado un vestido muy ajustado y muy rojo, de esos con los que apenas puedes respirar pero que hacen que te sientas como una diosa, una estrella de cine. Sabía lo que tendría que aguantar si me lo ponía, pero decidí estrenarlo igualmente para una fiesta. Sin embargo, cuando me lo puse, mis genitales se marcaban muchísimo, de modo que me dispuse a ir en búsqueda de una faja que los disimulase y así sentirme más cómodo.

No soy tan valiente como creéis. Le pedí a mi buena amiga Violeta que me acompañase para no enfrentarme solo a esa situación, ¡y menos mal que lo hice! Cuando llegamos a la sección de ropa interior de la tienda y les explicamos mis necesidades, todas y cada una de las dependientas allí presentes hicieron que me sintiera como un monstruo con sus miradas y su forma de atenderme, pero aun así finalmente conseguí dar con la faja adecuada.

Mis genitales ya no se notaban y mi seguridad creció rápidamente. Al salir del probador con mi vestido rojo y la faja ya puesta, un señor que pasaba por allí me dijo que estaba muy guapo, y yo, que siempre dudo y soy muy mal hablado y muy espontáneo, le pregunté: «¿Me nota usted la polla?», y él me respondió que no.

Pagué la faja, me agarré fuerte a la tolerancia de ese señor y a la mano de Violeta y salí de allí sabiendo que los chicos como yo no eran bienvenidos en tiendas como esa, pero sintiéndome tan poderoso como una verdadera chica Almodóvar, porque, como decía la Agrado, **una es más auténtica cuanto más se parece a lo que ha soñado de sí misma**.

3. LOS «HOOLIGANS» POLACOS

¿Desayunar a las doce del mediodía se sigue considerando desayuno? ¿Es un *brunch*? ¿Qué coño es? Siempre me equivoco con estas cosas.

He quedado para «desayunar» a las doce en mi cafetería favorita sin gluten, a la que acudo desde hace cinco años y que se encuentra en la calle Hortaleza, en pleno centro de Madrid. Hoy estoy dispuesto a demostrarle a mi amiga Bibiana que **SOY CAPAZ DE LLEGAR PUNTUAL A LOS SITIOS**.

Bibiana es algo así como la reina de la puntualidad, se podría decir que **ELLA INVENTÓ LA PUNTUALIDAD**. Cada vez que quedamos siento mucha presión porque sé que está esperando que llegue tarde y porque para ella cada minuto cuenta, literalmente. La quiero mucho pero es mejor no enfadar a Bibi, es una mujer de armas tomar y siempre que llego tarde me tuerce el morro en plan «No tienes remedio, te odio».

Hoy he decidido salir con diez minutos de antelación de casa. Tengo tantas ganas de ver su cara cuando me vea en la cafetería a las doce como una persona puntual y respetable... Y tengo tantas ganas de decirle «¿Ves?, no siempre llego tarde», que parece que en vez de beberme un vaso de agua me he bebido un litro de bebida energética.

Hace muy buen tiempo en Madrid, así da gusto. Llevo una falda de tubo por las rodillas, unas botas negras, una chupa, mis aros favoritos (los dorados enormes), mi nuevo bolso y los labios pintados de rojo Almodóvar. Estoy feliz porque tengo mucha hambre y me encantan las tostadas de ese sitio. Mientras bajo las escaleras de mi portal elijo la banda sonora que me acompañará durante el trayecto y le doy al *play*.

Ya empezamos...

Se me clavan miradas por todas partes y no todas son agradables. Me concentro en la letra de la canción para no darle importancia al asunto y **sigo caminando, pisando fuerte como una LEONA**.

Cuando llego a Sol empiezo a ver a muchos cabezas rapadas, no son españoles. Acabo de levantarme, así que tampoco estoy demasiado fresco para relacionar conceptos y, aunque veo que llevan banderas y camisetas de fútbol, no caigo en que son ultras polacos que han venido a Madrid a ver el partido de su equipo y a liarla agrediendo y molestando a la gente, básicamente. Me empieza a dar bastante miedo la situación, pero es de día y en el centro hay muchísima policía así que dudo que me hagan algo.

Me voy acercando más a la cafetería donde hemos quedado, son casi las doce. Me alivia pensar que Bibi estará allí y que me sentiré protegido a su lado. La cantidad de cabezas rapadas con los que me cruzo es una barbaridad. Me doy cuenta de que algunos se ríen de mí, me dicen cosas y me señalan, y me acuerdo de que justo al despertarme había leído en Facebook que la noche anterior habían agredido a una pareja de chicos homosexuales cuando paseaban tranquilamente.

Se me hace un nudo en el estómago. Este año ya van más de doscientas agresiones a personas que forman parte de la comunidad LGTBQ+ y, teniendo en cuenta que no soy la persona más discreta del mundo, las pintas que llevo y que estoy rodeado de *hooligans*, no me siento especialmente seguro.

Son las doce en punto, Bibiana no está en la puerta de la cafetería, ella **NUNCA** se retrasa. ¿Tenía que llegar tarde justo hoy? Entro para coger sitio pero todo está lleno, así que decido esperarla en la puerta y aprovechar para mirar un rato el Instagram. De repente veo a tres cabezas rapadas muy fuertes y altos dirigiéndose hacia mí. **Me quedo en estado de *shock*.** Aún quedan unos metros para que lleguen al sitio donde estoy y podría meterme en la cafetería, pero mi cuerpo no reacciona. Veo que uno de ellos me enfoca con su móvil, así que deduzco que me está grabando y que algo malo se avecina.

Llamo a Bibi y comunica, no me lo puedo creer...

Me quedo cerca de la pared y el *hooligan* más mazado se para justo a mi izquierda, le tengo a unos centímetros de mí, veo cómo pone el pie para hacerme la zancadilla y decido moverme y marcharme de allí. Esquivo su pie y al hacerlo le rozo un poco sin querer. De repente los otros dos chicos se unen a él y me acorralan. Uno de ellos sigue grabando.

Empiezan a gritarme en inglés. Me gritan e insultan muchísimo, con mucho odio, veo el desprecio en sus caras, me paraliza y me aterra, noto que el corazón me va muy muy rápido. Entonces el más fuerte de todos levanta su puño para pegarme un puñetazo, yo permanezco quieto asumiendo que me van a dar una paliza y esperando que al menos no me hagan pedazos.

Justo cuando están a punto de darme el puñetazo oigo un grito muy fuerte de una mujer: **¡QUÉ ESTÁIS HACIENDO! ¡DEJADLE EN PAZ!**

Los chicos se apartan para ver qué está diciendo la mujer que se arriesga a ayudarme aunque no me conoce de nada y justo en ese preciso momento echo a correr... Corro y lloro a la vez sin saber adónde ir. Cuando ya estoy lejos, paro y asimilo lo sucedido.

No me puedo creer lo que acabo de vivir. Se me sale el corazón por la boca y estoy en estado de *shock*.

Bibi llama y acude en mi búsqueda. Consigue tranquilizarme mientras desayunamos y una vez calmado le digo que necesito ir a la peluquería.

El día que más miedo pasé en mi vida, el día en que pensé que tres hombres llenos de odio me iban a destrozar a puñetazos, el día en que mi aspecto me había convertido en la presa perfecta para esos animales rabiosos, me planteé que quizá debería salir a la calle con ropa más discreta y sin maquillar, pero terminé tiñéndome de **rubio platino** esa misma tarde porque me niego a vivir con miedo por ser como soy.

¿Creéis en los ángeles de la guarda? Quizá esa mujer que no me conocía de nada y que me salvó sea uno.

«Siempre he confiado en la bondad de los desconocidos.»

ƐPÍLOGO

Ɛste año voy a cumplir veinticinco años. Nunca pensé que fuese a cumplirlos siendo la persona que soy ahora. Y no me refiero solo a mi aspecto físico o a mi estética. Me refiero a mi fortaleza.

Convivo a diario con mis inseguridades, soy tremendamente vulnerable y tiendo bastante a deprimirme, pero hay algo en mí que siempre sale a flote y son las ganas de vivir mi vida a mi manera y estas siempre me hacen tirar para adelante.

A veces me quiero poco, a veces me quiero mal, a veces me siento mal por quererme un poco, a veces no me creo que me quieran las demás... **Las personas llevamos una carga invisible en nuestras espaldas** que consta de las experiencias que hemos vivido, las buenas y las malas. Muchas veces cometemos el error de vivir ancladas a un pasado que ni siquiera existe, cometemos el error también de vivir preocupadas por un futuro que ni siquiera existe.

Nos pasamos la vida echando de menos lo que ya no forma parte de nosotras, nos pasamos la vida anhelando lo que ni siquiera hemos conocido. Nos pasamos la vida echándonos la culpa por todo, sintiendo que no somos suficiente, sintiendo que tenemos que cambiar mil cosas de nosotras para que nos puedan querer... Eso está mal. Todas somos reinas. Todas somos únicas y debemos cuidarnos más y querernos más para no permitir que nadie nos trate mal, para no consentir que nos digan cómo tenemos que vivir nuestras vidas. **PARA NO DEJAR QUE DECIDAN POR NOSOTRAS**. Para decir «**NO**» cuantas veces necesitemos y queramos. Porque aprender a decir que no es más importante de lo que crees, aprender a decir «**NO**» es la cuna del respeto por una misma.

Es normal que tengas miedos. Eso no te convierte en débil, te convierte en humana, que es lo que eres. Si algo he aprendido es que si soy tan fuerte no es porque no haya tenido nunca miedo, porque he tenido mucho, soy fuerte porque he afrontado esos miedos y porque a día de hoy sigo trabajando para afrontar los que conviven conmigo.

No te agarres a lo que te destruye, di a tus seres queridos que les quieres, ríete de aquellas personas que intentan hacerte creer que sus vidas son perfectas, si te acosan **DENUNCIA SIN MIEDO**, si hacen que te sientas sola cuando estás acompañada **MÁRCHATE**, si no te tratan con respeto **EXÍGELO**, recuerda que algún día morirás y qué mínimo que morir siendo fiel a una misma, qué mínimo que vivir respetándose, queriéndose, creciendo, aprendiendo de los errores. Poco a poco, no te exijas más de la cuenta, te mereces hacer las cosas a tu ritmo.

Atrévete a equivocarte, atrévete a quererte, atrévete a decir **NO**, atrévete a pedir lo que necesitas, atrévete a ayudar a los demás, a escuchar, a conversar cara a cara, a mirar a los ojos, a dejar el móvil a un lado, a abrazar a quienes estén ahí para ti, atrévete a decir «**TE QUIERO**», atrévete a vivir sin miedos.

Y recuerda, aunque a veces sientas que nada vale la pena y tengas ganas de rendirte, yo estoy aquí para recordarte que todo va a ir bien y que aunque a veces el camino sea difícil...

LUEGO GANAS TÚ.

Te quiero, **TAL Y COMO ERES.**

JEDET

Bruno

MANU CARBAJO

Todo el pueblo enloqueció la madrugada en la que Bruno desapareció. Su madre fue la primera en salir a la calle corriendo por los adoquines húmedos mientras gritaba el nombre de su hijo, desesperada. Solo la protegían de la gélida noche unas pantuflas y una bata a la que se abrazaba igual que se abrazaba la oscuridad a las calles nevadas del pueblo. Los primeros que salieron a su auxilio fueron el panadero y su mujer. Solían estar en pie a esas horas de la noche para preparar el pan y la bollería del día siguiente. Poco tardaría el resto del pueblo en despertar y conocer la noticia de la desaparición del muchacho.

Nelbajo era un pequeño pueblo minero, refugiado en el valle entre dos montañas. Sus calles y casas eran de piedra para aguantar los duros inviernos en los que la nieve llegaba a cubrir varios centímetros y aislaba el pueblo durante semanas. Todos sus habitantes se conocían entre ellos porque hacer vida más allá del pueblo implicaba desplazarse varios kilómetros a la siguiente comarca. Con un único acceso de entrada y salida que se enfrentaba a un peligroso puerto de montaña y custodiado por los verdes y frondosos bosques que alimentaba el río que lo atravesaba, Nelbajo tenía una vida tranquila e independiente del resto del mundo. Así que cualquier altercado o anomalía alborotaba el pueblo entero.

—Alan, despierta —le dijo su madre mientras encendía la luz de la mesilla—. Le ha pasado algo a Bruno.

El niño tardó en espabilarse. «¿Bruno? ¿Qué habrá hecho ahora el muy bobo?» Somnoliento, Alan miró el reloj y advirtió que no llegaba a marcar las cuatro de la mañana. Abandonar el cobijo de las sábanas y de la manta para enfrentarse al frío de su cuarto fue lo que le terminó de despertar. Se puso los calcetines de lana, las zapatillas desgastadas y bajó al salón en donde se encontró con sus padres.

—¿Qué pasa? —preguntó el crío con una voz ronca, aún dormida.

—Bruno ha desaparecido —le respondió su padre.

Alan se quedó helado en las escaleras, aferrado al pasamano. ¿Cómo que había desaparecido? Nadie desaparece de Nelbajo así, de repente. Y menos en mitad de la noche. No habría sido por lo del otro día, ¿verdad? No, Bruno era demasiado cobarde. Era el más crío del grupo. Infantil. Inmaduro. Todavía jugaba con coches de juguete y se inventaba historias fantasiosas en las que todos tenían poderes mágicos. Recordó que, el muy miedica, no quiso jugar a tinieblas en la noche de Halloween porque le daba pavor enfrentarse a la oscuridad él solo.

—Ponte las botas y abrígate —ordenó su madre, poco dispuesta a dejarle solo en casa.

Bruno ocupaba todos sus pensamientos. ¿Le habría pasado algo? No. Probablemente estuviera solo escondido. Jugando. Sería una broma. Pero ¿y si no lo era? ¿Y si lo que le hubiera ocurrido fuera culpa suya y del resto de la pandilla?

Había más de una veintena de personas cuando llegaron a la plaza. El viento agitaba los abrigos y los cabellos de aquellos que no se habían cubierto la cabeza. A lo lejos, los goznes de una ventana gemían con cada soplido. La madre de Bruno lloraba desconsolada en los brazos de su marido mientras que el párroco del pueblo intentaba consolarles.

—Tranquilízate, Susana —decía—. Dios está con él.

Alan observó que aquello no ayudaba mucho a la mujer, que rompió a llorar con más fuerza. Nadie sabía qué hacer ni cómo reaccionar. Alguna oveja, perros, incluso caballos habían desaparecido alguna vez. Pero ¿un niño? Era de madrugada y meterse en el bosque a esas horas de la noche y sin más luz que las de unas linternas era una locura.

También estaban allí Lucas y su padre. Alan se fijó en que su amigo era el único que ignoraba los llantos de la mujer y tenía los ojos clavados en él. Como si quisiera decirle algo. Ese mismo algo que Alan también sospechaba; que también temía.

Era mucha casualidad que Bruno hubiera desaparecido justo aquella noche. Y los dos lo sabían. Bueno, los tres, contando a Nicolás.

—Al alba, iremos a buscarle —aseguró el padre de Lucas, que, como siempre, por cómo hablaba, parecía saber exactamente qué hacer.

Los llantos de Susana cesaron al escuchar sus palabras, levantó la cabeza de los brazos de su marido y miró a Lucas con los ojos enrojecidos. Él le mantuvo la mirada, desafiante.

—Si supieras algo me lo dirías, ¿verdad?

—No sé dónde está Bruno —contestó el chico, rápidamente.

En ese momento, uno de los pastores del pueblo entró jadeante en el círculo que se había formado alrededor de los padres de Bruno.

—No está ni en los establos ni en la cabaña —anunció.

Los creyentes se santiguaron y los que no mascullaron ruegos a quién sabe qué. Incluso Alan sintió un escalofrío y miró temeroso a su alrededor, a las sombras que proyectaban las escasas farolas.

Susana volvió a refugiarse en los brazos de su marido, agotada. Nicolás y su padre, Clemente, llegaron en ese instante y se dirigieron al párroco para susurrarle unas palabras al oído. Por la cara de Nico, debían haber encontrado algo. Bastó cruzar una rápida mirada con su amigo para saber que estaban en apuros.

Él, Nico y Lucas.

—¿Qué sucede? —preguntó el padre de Bruno al verles hablar en voz baja—. ¿Habéis encontrado algo?

El padre Manuel calló y dejó que Clemente se volviera y descubriera la prenda húmeda que llevaba entre las manos.

—Hemos encontrado esto tirado en unas piedras cerca del arroyo.

Susana lo reconoció al instante. Soltó a su marido y agarró la chaqueta de punto que siempre llevaba Bruno. Después la olió y comenzó a llorar de nuevo desconsolada.

—Mi niño, mi niño...

El llanto de la mujer se apagó con los gritos de doña Babila, una anciana cuya cordura se había marchitado hacía tiempo.

—¡Se lo ha llevado la criatura! —anunció la vieja.

—Doña Babila, por favor, vuelva a casa —le pidió el párroco, y se acercó a la anciana, para que sus sandeces no asustaran al pueblo—. Es tarde, hace frío y se va a resfriar.

—Usted sabe que ha sido ese demonio, padre. Usted lo sabe —susurró la mujer al cura—. ¡Todos lo saben! ¡Todos!

El padre Manuel hizo una seña a un par de vecinos para que se llevaran a la anciana a su casa. Mientras se alejaba, siguió riendo y repitiendo las frases como una letanía, que se grabó en los huesos de Alan.

—Voy a avisar a la policía —concluyó el párroco.

—¡Tardarán días en llegar! —exclamó el padre de Bruno.

La veintena de personas que estaba en la plaza permaneció en silencio. Sabían que tenía razón. En aquella época del año, el paso de montaña se encontraba bloqueado por la nieve y tardarían días en despejar la carretera para llegar al pueblo e investigar la desaparición del muchacho. Ya sería tarde.

—Pues será mejor que se pongan a ello —sentenció el cura.

El pueblo de Nelbajo estaba incomunicado. Faltaban pocas horas para que amaneciera. Bruno había desaparecido dejando como único rastro una chaqueta de punto. Y solo tres chicos sabían lo que de verdad le había ocurrido al pequeño de doce años.

* * *

—Houston, tenemos un problema —dijo Alan simulando hablar por un walkie.

La nave espacial de cartones que habían construido Bruno y él había sufrido un leve percance: una de las alas estaba medio despegada y eso les impedía aterrizar en la sábana blanca que simulaba la Luna.

—¡Tengo la solución, comandante! —anunció Bruno—. ¡Puedo reparar el fuselaje con las herramientas de a bordo!

Bruno sacó cinta aislante de su riñonera y comenzó a arreglar el ala rota. Los cartones sobrantes de la mudanza les sirvieron para construir aquel artilugio espacial que imitaba uno de los cohetes de la NASA. Dos cuerdas atadas a modo de asa servían de tirantes para que pudieran colgarse el aparato en los hombros y viajar en su interior.

—¡Deprisa, Bruno! ¡O, si no, acabaremos estrellándonos!

—No pienso morir hoy, comandante. No sin haber cumplido los ocho años —dijo mientras cortaba con sus dientes la cinta—. ¡Listo!

—¡Bien, aterricemos!

—Donde vais a aterrizar va a ser en la cama...

La abuela de Alan entró en el salón con dos tazas humeantes y un delicioso aroma a chocolate caliente. A Alan le encantaba que su abuela les cuidara cuando sus padres quedaban con los de Bruno. Esa noche habían ido a la cena de inauguración del curso escolar. A su padre le daba bastante pereza acudir, pero su madre insistió por eso de que eran nuevos en el pueblo y era una buena manera de conocer a sus vecinos.

—¡Todavía es pronto! —protestó mientras se quitaba la nave de encima.

—¿A ti a qué hora te mandan tus padres a dormir, Bruno?

—No le digas que a las once... —le susurró Alan.

—¡Te he oído! —le espetó su abuela.

Alan agarró a su amigo y huyó al sofá que estaba enfrente de la chimenea. La lumbre proporcionaba una luz cálida, perfecta para que su abuela les contara un cuento.

—¡Cuéntanos una historia, tata! —suplicó el crío.

—¿Y quién se va a despertar mañana para hacer la excursión? —preguntó la anciana mientras les daba una taza a cada uno.

—No sé si al final iremos... —dijo Bruno, cabizbajo.

—Mamá no nos deja todavía explorar solos.

—¿Y por qué no avisáis a los otros chicos?

—A Bruno le da vergüenza.

—¡Oye! —protestó, poniéndose rojo—. Solo digo que es mejor esperar al lunes y ver quiénes van a nuestra clase.

—Pues lamento deciros que sois los hijos de los nuevos mineros de este pequeño pueblo y aquí las noticias vuelan. Así que vuestros futuros amigos ya sabrán quiénes sois —les dijo la abuela—. ¿Qué parte queríais explorar?

Los dos niños se miraron y sonrieron.

—¡La vieja mina abandonada! —confesó Alan, emocionado.

La expresión de la anciana cambió de golpe y la preocupación se coló por sus arrugas.

—Ese lugar es muy peligroso —susurró—. No debéis ir nunca.

Alan miró a Bruno y comprobó que tenía la misma cara de asombro que él. ¿Qué misterios escondería aquella vieja mina? ¿Por qué no debían visitarla? Su abuela se acomodó entre ellos y carraspeó.

—Si os cuento esta historia es porque, en primer lugar,

quiero que la sepáis por mí y no por algún niño del pueblo. Y en segundo, porque no quiero que nunca, bajo ningún concepto, crucéis el arroyo y entréis en ese lugar. ¿Entendido?

Los chicos asintieron en silencio, expectantes ante el cuento que se avecinaba.

—Cuando mi padre, tu bisabuelo, tenía vuestra edad, llegó un chico nuevo al pueblo. Se llamaba Cristín. Por aquel entonces la vieja mina funcionaba y prácticamente todos los hombres trabajaban allí.

»Al contrario que vuestros padres, la familia de Cristín no se mudó aquí por las minas, sino por el clima... Y es que Cristín era un niño especial, diferente. Su piel era tan blanca y sensible como la nieve. Y el más mínimo rayo de sol le podía provocar llagas y heridas en la piel. Por eso necesitaban vivir en un lugar como Nelbajo; porque aquí no tenemos mucho sol, que digamos —explicó la abuela sonriendo a los pequeños.

»Su piel era tan frágil y delicada que tenía que ir a la escuela en un horario distinto al resto para que pudiera hacer el camino sin problemas. Debido a ello, pasaba la mayor parte del tiempo solo y no conseguía hacer amigos. Los otros chicos empezaron a ponerle motes crueles como Cristín Nieve o Niño de las Nieves.

La anciana posó sus ojos durante unos segundos en el fuego de la chimenea, como si los recuerdos de la época comenzaran a bailar en las llamas.

—Hubo un día que Cristín salió antes de lo previsto de la escuela y se topó con un grupo de chicos. «Niño de las Nieves —le dijeron—, Niño de las Nieves, vente a jugar con nosotros.» Nunca nadie había querido jugar con Cristín, así que, entusiasmado, les siguió hasta la entrada de la mina.

»Ya era por la tarde, los mineros habían terminado su jornada de trabajo y el lugar estaba vacío. "Cristín —le dijeron—, como no te puede dar el sol, será mejor que juguemos dentro de la mina." Tres de los chicos empujaron al pobre Cristín al interior de aquella cueva que se abría paso en las entrañas de la montaña y cerraron la verja, dejando a Cristín preso tras los barrotes. El niño suplicó que le dejaran salir, pero los otros se burlaban diciendo que una criatura tan blanca como él debía permanecer siempre en la oscuridad.

La abuela respiró hondo.

—De repente, la montaña rugió y el suelo tembló. En un abrir y cerrar de ojos un alud de nieve se precipitó sobre la mina y sepultó en su interior a Cristín y a los tres niños que le habían encerrado.

»Pasaron seis días hasta que pudieron despejar la entrada y acceder al interior de la mina. Encontraron los cadáveres de los tres chicos, algunos de ellos mutilados, no por el derrumbe de la montaña, sino por mordiscos. Pero el cuerpo de Cristín jamás lo hallaron.

»La mina se cerró para siempre. Los que volvieron a entrar

en ella, no consiguieron salir. Comenzó a circular el rumor de que aquel lugar estaba maldito, que se escuchaban chillidos y gritos en la oscuridad. Decían que la mina se había convertido en una garganta directa al infierno y que una criatura blanca y alta, de ojos negros como el carbón, vagaba por sus pasadizos.

—¿El niño Cristín? —preguntó Bruno con voz temblorosa.

—Se dice que durante los días que estuvieron sepultados, el niño Cristín se alimentó de la carne de los otros niños y eso le transformó en la terrible criatura que protege la entrada de las puertas del infierno.

Alan no podía formular palabra alguna. En su cabeza se había construido la imagen de aquella bestia pálida de ojos azabaches, alta y delgada, sin pelo. Jamás pisaría aquella mina. Ni aunque le pagaran por ello.

—Bueno, creo que esta historia merece otro cuento más alegre, ¿no?

Mientras que Bruno asintió feliz, Alan se quedó callado, pensando en aquel niño, en aquella mina. Y en la cantidad de noches que pasaría sin conciliar el sueño por miedo a que aquella criatura le visitara.

* * *

La mañana después de la desaparición de Bruno no hubo clase. Se convocó una batida en la que participaron todos los adultos para buscar al pequeño por los alrededores del pueblo. Alan no pudo dormir el resto de la noche. Así que, en cuanto sus padres se despertaron y marcharon con uno de los grupos de búsqueda, él salió de casa.

—No vayáis a buscarlo, ¿entendido? —le había advertido su padre—. Recuerda lo peligroso que es el bosque.

En cuanto comprobó que estaba solo, Alan se abrigó y fue directo a la cabaña secreta donde jugaba con la pandilla. En realidad no era una cabaña con su estructura de madera, más bien era una zona de árboles en la que habían apilado cajas y demás chatarra para hacer de ella su lugar clandestino de reuniones y juegos.

Cuando llegó se encontró a Nico sentado en una de las cajas.

—¿Cuánto tiempo llevas aquí?

Su amigo dio un pequeño brinco ante la inesperada visita.

—No lo sé... Un par de horas o así. Creo que menos. No sé.

Los dos se quedaron en silencio, con la vista fija en la arboleda de enfrente, al otro lado del arroyo. El agua que se abría paso entre las piedras era lo único que rompía la tranquilidad del lugar.

—Tengo miedo, Alan —confesó Nico aguantando las lágrimas—. No deberíamos haberle dejado. Si Lucas no hubiera...

—¿Si Lucas no hubiera qué?

La voz grave y tajante del líder de la pandilla hizo que se volvieran de inmediato. Lucas tenía mejor cara que ellos dos y, desde luego, parecía haber dormido a pierna suelta el resto de la noche.

—Ya sabía yo que os encontraría aquí...

Ambos permanecieron en silencio, amedrentados y sin saber qué decir.

—No sé por qué estáis tan preocupados, la verdad. Seguramente esté escondido y vacilándonos a todos.

—Sabes que no —respondió Alan, tajante.

—Bruno es un niñato y siempre quiere ser el maldito centro de atención —dijo Lucas, bufando—. ¡Y lo está consiguiendo! ¿No os dais cuenta?

Nico alzó la mirada y estudió la ladera de árboles que se extendía más allá del arroyo.

—Igual deberíamos decírselo a la gente —confesó sin apartar la mirada del bosque.

—No —ordenó Lucas—. De ninguna de las maneras vamos a decir nada. Nosotros no tenemos que ver nada con la desaparición de Bruno. Si él se ha querido ir a explorar, es su problema, nosotros no le hemos obligado.

—No me jodas, Lucas —espetó Alan volviéndose.

La enfermiza y macabra sonrisa que se dibujó en el rostro de su amigo le puso los pelos de punta.

—Vale, Alan —dijo acercándose a él—. Entonces querrás contarle a tus padres y a los de Bruno que la prueba fue idea tuya, ¿no?

Alan bajó la mirada, arrepentido. La culpabilidad se mezclaba con el miedo. Y el sentimiento resultante era doloroso. Sabía que Bruno habría sido capaz de cualquier cosa con tal de estar con ellos. Con tal de sentirse parte de la pandilla. Y sabía que era el único de los tres que podía rescatarle.

La brisa trajo consigo un gruñido agudo procedente del otro lado del arroyo. Los tres amigos alzaron la mirada hacia los árboles tras los que se escondía aquella mina abandonada. Las leyendas del lugar maldito les habían dado la intimidad idónea para su cabaña secreta. Ahora lo miraban con otros ojos. Igual las leyendas eran tan ciertas como decían. Solo Bruno lo sabría.

* * *

Siempre que el timbre anunciaba el fin de una clase, Alan corría a los pupitres finales en los que se sentaban Nico y Lucas. Le encantaba pasar los ratos libres con sus nuevos amigos.

—Esta tarde tenemos que ir a la cabaña —ordenó Lucas—. Os quiero enseñar una cosa que me ha traído mi padre.

El padre de Lucas estaba casi siempre fuera del pueblo. Era el único de Nelbajo con una carrera universitaria y, al contrario que los del resto, no trabajaba ni en la minería ni en los prados de la montaña. Como geólogo iba de un lugar a otro inspeccionando yacimientos. Viajaba constantemente y cada vez que volvía a Nelbajo le llevaba un nuevo regalo a Lucas.

—¿Vamos a ir a la cabaña? —preguntó Bruno, entusiasmado. De los cuatro, era el que tenía la voz más aguda y los chicos siempre se burlaban porque parecía una niña—. ¡Yo también os quiero enseñar algo que me dio mi padre el otro día!

—¿El qué? —preguntó Nico con tono de burla—. ¿Una piedra?

Lucas y Nico estallaron en carcajadas y Alan les acompañó con una tímida sonrisa.

—Pobre Bruno —dijo Lucas—. Si tu padre fuera como el mío te regalaría otra cosa que no fueran piedras.

Bruno bajó la mirada y guardó silencio, avergonzado. ¿Cuándo iba a aprender que las piedras no le importaban a nadie? ¡Su padre también trabajaba en la misma mina y él no enseñaba lo que le traía!

El timbre volvió a sonar, anunciando el comienzo de la siguiente clase. La señorita Olivares entró en el aula. Dado que no llevaba libros, comprendieron que tocaba tutoría.

—¡A vuestros sitios! —canturreó con voz dulce.

Una cosa que le encantaba a Alan de aquel lugar era que los profesores no eran nada agresivos con ellos. Recordó a la bruja de lengua en su anterior colegio: una vieja de pelo corto, grasiento y canoso con gafas. La llamaban doña Atiza porque cada vez que alguien hablaba, le lanzaba las tizas de la pizarra, o el borrador.

—Hoy vamos a hablar de algo que tenéis que empezar a

plantearos, niños —anunció la profesora mientras apuntaba algo en la pizarra—. Vuestro futuro.

La tiza blanca remarcaba las seis letras mayúsculas que componían aquel sustantivo: futuro. Las risas contenidas de Lucas y Nico hicieron que la señorita Olivares centrara su atención en ellos.

—Parece que Nicolás quiere empezar... A ver, ¿qué quieres ser de mayor?

El niño no respondió, tratando de esconder la sonrisa.

—¿Y tú, Lucas?

—Yo quiero ser geólogo, como mi padre —dijo seguro—. Así viajaré mucho.

—¡Es una buena opción! Estamos rodeados de yacimientos y de minas. La geología aquí es fundamental —comentó la profesora—. ¿Alguien más quiere ser geólogo?

Pocos fueron los que levantaron la mano, entre ellos Nico, y Alan se apostaba la merienda a que en realidad no sabían en qué consistía la vida del geólogo. Únicamente habían alzado la mano porque el padre de Lucas tenía un trabajo distinto al que estaban acostumbrados a ver.

La profesora centró su atención en Bruno, que estaba un par de pupitres más adelante. Parecía estar anotando cosas en su cuaderno, pero en realidad estaba dibujando.

—¿Bruno? —le preguntó la señorita Olivares—. ¿A ti qué te gustaría ser de mayor?

—Astronauta —dijo él, con total seguridad.

La clase estalló en una carcajada.

—¡Sí, hombre! ¡Y viajar a la Luna! —se burló Nico.

—Niños... —les reprendió la profesora.

—¡Pues sí! —les contestó él volviéndose bruscamente—. ¡Alan y yo vamos a ser astronautas y viajaremos a la Luna! ¿A qué sí, Alan?

Alan sintió como si una pelota le hubiera golpeado en el estómago. Pero ¿por qué le tenía que meter a él en aquellos fregados? ¿No se daba cuenta del ridículo que hacía siempre? Las sonrisas de Lucas y Nico parecían las de dos hienas, hambrientas, expectantes. Solo les faltaba relamerse.

—Comandante Alan, le han hecho una pregunta —canturreó Lucas, disfrutando de la vergüenza del chico.

No, de ninguna de las maneras iba a darle la razón a Bruno. No delante de toda la clase. Si él quería quedar como un crío, era asunto suyo.

—¡Qué va! —respondió, forzando un bufido—. ¿Astronauta? ¿En serio, Bruno? Para después viajar a Marte, ¿no? Y conocer a ET...

—¡Alan! —le regañó la profesora.

Pero aquella reprimenda se ahogó en las risas del resto de sus compañeros. Sin embargo, esta vez él se sentía en la cresta de la ola. Había superado la prueba. Lucas y Nico le sacaban el pulgar, sin dejar de reír. Y él respiró aliviado hasta que se fijó en el gesto compungido de Bruno, que, decepcionado, había vuelto a su cuaderno de dibujos.

A la salida de clase, Alan fue a seguir a Nico y a Lucas para ir a la cabaña cuando vio que Bruno se iba para otro lado.

—¿No vienes a la cabaña? —le preguntó—. ¿No quieres ver lo que le han traído a Lucas?

—No, creo que prefiero irme a casa. Estoy cansado... —contestó Bruno, sin tan siquiera mirarle.

Alan le observó en silencio y se dijo que ya se había preocupado por él suficiente. Aunque fuera su mejor amigo, si él no quería ir con el grupo era cosa suya. Pero justo cuando se iba a marchar, Bruno le preguntó:

—¿Por qué ya no quieres ser astronauta? Siempre hemos dicho que queríamos serlo, que juntos llegaríamos a la Luna...

—Éramos niños, Bruno —contestó él—. Ser astronauta es imposible y más aún viajar hasta la Luna. ¡Mira dónde vivimos! ¿Ves algún cohete? ¿Alguna plataforma de lanzamiento?

—¡Eso da igual! ¡Iremos a estudiar a Estados Unidos! ¡Era nuestro plan!

—Ya no, Bruno... —dijo él—. Ya no es nuestro. Es tuyo. Y deberías crecer de una vez y dejar de decir estas tonterías. Porque quedas en ridículo.

Con aquellas palabras, Alan sentenció la conversación y se

volvió para regresar con Lucas y Nico. Dejó a Bruno a sus espaldas, solo. Una parte de él aplaudía la lección que acababa de darle a su mejor amigo. Sin embargo otra, más silenciosa, pero mucho más profunda, le había dejado un sabor amargo que casi podía masticar.

En el fondo, Alan también quería ser astronauta.

* * *

A mediodía los padres de Bruno fueron a comer a casa de Alan. Eran la sombra del matrimonio que él recordaba. En una noche habían envejecido toda una vida. El padre de Alan y su abuela se encontraban en la cocina terminando de preparar ese caldo tan maravilloso que solo ella sabía hacer y que tan bien venía en épocas de frío. Mientras, su madre intentaba animar a los padres de su amigo desaparecido a la lumbre del fuego. Alan permanecía sentado en uno de los sillones, en silencio.

—Agradecemos mucho lo que estáis haciendo por nosotros —dijo el padre de Bruno—. De verdad.

—No hay nada que agradecer, Ramón. Para nosotros sois de la familia. Y la familia está para apoyarse. Siempre.

Su madre agarró con fuerza la mano de Susana y ella, por un instante, despegó los ojos del hipnotizante baile de las llamas y el chisporroteo de la madera. No había dicho ni una palabra desde la noche anterior. El poco ánimo que el padre de Bruno conservaba, parecía haberse consumido en su mujer.

A Alan le mortificaba ver así a la madre de su mejor amigo. Su madre tenía razón: ¡eran también su familia! Tantos años jugando en la casa de Bruno, comiendo con ellos en la misma mesa, quedándose a dormir bajo el mismo techo... Si algo le pasaba a Bruno, sus padres no serían los únicos que quedarían destrozados para toda la vida.

El almuerzo transcurrió de manera silenciosa. La humeante y deliciosa sopa de pollo, punta de jamón y verduras que hacía su abuela calentaba los huesos a cualquiera, pero Alan no tenía apetito. Solo daba algún que otro sorbo, limitándose a soplar el plato y remover el caldo con su cubierto.

—Deberías comer —le dijo Susana, sentada enfrente de él—. ¿Te crees que yo tengo ganas? Ninguna, a pesar de lo rica que está —apuntó, agradeciéndoselo a su abuela—. Pero tu estomago no tiene la culpa del sufrimiento de tu corazón.

Cuando sus ojos se cruzaron con los de Alan, el chico sintió que estaba a punto de llorar. Quería chillar y gritar que todo aquello había ocurrido por su culpa. Que si él no hubiera sido un estúpido, Bruno ahora estaría con ellos disfrutando de aquella sopa.

Que había traicionado a su amigo.

—No tengo hambre, lo siento.

Alan se levantó de la mesa sin pedir permiso y fue a calzarse y a ponerse el abrigo de plumas. Necesitaba aire fresco, salir a dar una vuelta. Su casa se le hacía demasiado pequeña y no podía seguir mirando a los padres de Bruno a la cara.

Cuando salió, el sol comenzaba a esconderse por la montaña que guardaba el valle y el escaso calor del día se marchaba con él. Deseaba no encontrarse ni con Lucas ni con Nico. Necesitaba estar solo, así que fue directo al lugar al que nadie solía ir.

La vieja mina estaba al otro lado del arroyo. Desde su posición, se podía ver la entrada con las maderas tapiando parte de la cueva y las rocas que la sepultaron en su momento. Aquel sitio le producía escalofríos. Siempre que iba por esa parte del valle con sus amigos, procuraba no mirar la cueva o pasar de largo lo más rápido posible.

—¿Dónde estás, Bruno? —susurró sin atreverse a mirar a la cueva—. ¿Dónde estás?

La garganta de la mina gruñó. Fue un sonido metálico, casi animal. Y Alan dio un paso atrás, asustado. Parecía como si la cueva supiera lo que estaba pensando, como si le estuviera llamando. Alan sabía lo que tenía que hacer. Pero no estaba seguro de querer hacerlo.

* * *

Aquella tarde de verano hacía más calor del habitual. Las clases ya habían terminado y solo Nico había suspendido una asignatura, que tendría que recuperar en septiembre. Mientras que Alan y Bruno pasarían el mes de julio en Nelbajo hasta que les dieran las vacaciones a sus padres, Lucas se marcharía en un par de semanas con el suyo a alguna playa paradisíaca.

Les quedaban pocas tardes como aquella en las que los cuatro podían pasar las horas en su cabaña secreta, pero muchas veces no tenían con qué matar las horas.

—¿Y adónde os vais este año? —preguntó Alan a Lucas.

—A Menorca. Mi padre estuvo hace unos meses y dice que es el Caribe español. Aguas turquesas, playas de arena blanca...

—¡Y chicas haciendo *topless*! —exclamó Nico.

Bruno comenzó a reírse.

—¡Qué cerdo eres, Nico! ¡Todo el día pensando en lo mismo!

—¿Qué pasa, renacuajo? ¿A ti no te gustaría ver a una chica en tetas? —se le encaró Nico.

Bruno se quedó callado, esperando que o él o Lucas le defendieran, pero ninguno de los dos lo hizo.

—Bruno es muy pequeño para pensar todavía en eso, ¿a que sí, Brunete? —se burló Lucas—. Yo creo que se asustaría al ver una teta.

—¡Pero si tengo vuestra misma edad!

—Ya, pero algunos somos más maduros. Alan y yo ya nos afeitamos, por ejemplo —continuó Lucas—. Y a Nico poco le falta. A ti seguramente ni te han salido pelos en los huevos.

Alan no pudo evitar reírse porque sabía que era verdad. De los tres, él era el único que había visto desnudo a Bruno y, aunque tuvieran todos la misma edad, el cuerpo del chico era el menos desarrollado.

Su padre le había enseñado a utilizar la cuchilla de afeitar aquel mismo año. Siempre recordaría aquel momento, aquel ritual. Fue como pasar de ser niño a adulto. Uno se sentía importante y más mayor echándose la espuma por la cara para después pasar la cuchilla. Bruno no había vivido eso porque no tenía pelo en la cara. Y tardaría en salirle. Todavía recordaba aquel momento del verano pasado en el que, estando en el río con él, le confesó emocionado que le había salido su primer pelo en el sobaco.

Bruno se levantó frustrado, dispuesto a abandonar la cabaña.

—¿Adónde vas, renacuajo? —le dijo Nico.

—¡Espera, Bruno! —dijo Alan—. No te enfades, tío. Solo estamos bromeando.

—Claro que sí, solo bromeamos —dijo Lucas—. No eres ningún crío.

La sonrisa de Lucas presagiaba alguna intención maquiavélica. Al líder del grupo le encantaba jugar con Bruno igual que lo haría un gato con un ratón.

—Tengo una idea chicos, seguidme.

Ninguno de los tres preguntó adónde. Se limitaron a obedecer y a seguirle hacia el interior del bosque, río arriba. Se detuvieron justo enfrente de un tronco tronchado que cruzaba por encima del agua. Alan se quedó petrificado al situarse y descubrir lo que había al otro lado.

—No deberíamos estar aquí —dijo.

—¿Tienes miedo o qué, Alan? —se burló Lucas—. Vamos, son solo leyendas.

Desde que su abuela les había contado la historia del niño Cristín, tanto Alan como Bruno evitaban aquel lugar.

—Ya verás como no pasa nada —dijo Lucas—. Bruno te lo va a demostrar.

Bastó una mirada para saber que Bruno estaba igual de atemorizado que él. ¿Cómo que demostrar? ¿Qué iba a demostrar?

—Bruno, ya que eres tan mayor, ¿por qué no cruzas el arroyo y entras en la mina? —le retó Lucas.

—Mis padres dicen que es peligroso —dijo el crío.

—Tus padres y los de todos, pero enfrentarse al peligro es algo que nos hace mayores, ¿no?

—Lucas, tío...

—No te metas, Alan. Esto es cosa de Bruno.

Él esperaba que se revolviera contra ellos. Que regresara corriendo a casa. Pero Bruno permanecía callado, estudiando la situación. ¿De verdad se lo estaba planteando? ¿Es que acaso no recordaba la historia que les contó su abuela? Entonces dijo:

—No lo voy a hacer. Me voy a casa.

Alan suspiró. Pero entonces Lucas se acercó un paso.

—No era una sugerencia, renacuajo. Súbete al tronco.

—¡Te he dicho que no!

El mayor se encaró a Bruno y le dio un empujón que le hizo tropezar y caer al suelo.

—¡Que no me contestes!

—Lucas, ya vale —intervino Alan.

—¿Qué pasa? ¿Ya viene papá Alan para defender al pobrecito de Bruno?

Alan guardó silencio y miró a su amigo. Lucas tenía razón. No podía estar defendiendo a Bruno cada vez que le hacían algo. Tenía que espabilar y defenderse él solo. No pintaba nada en aquella pelea.

Bruno se levantó sin dejar de mirar a Lucas.

—No pienso hacerlo.

—¿Cómo que no? —dijo, agarrándole—. Nico, ayúdame,

Como si fuera un perrito faldero, Nico sujetó a Bruno y, juntos, le arrastraron hasta el árbol.

—Vas a entrar ahí.

—¡No! ¡Dejadme! —comenzó a chillar—. ¡Alan!

Alan no podía moverse. Estaba paralizado observando la escena. Tras un forcejeo, Lucas y Nico consiguieron que el chico se subiera al tronco.

—Ya está, ahora solo tienes que cruzar tú solito.

Bruno se quedó en cuclillas, agarrado al tronco para no caerse. Alan no quería mirar, pero notaba que su amigo le buscaba con los ojos, pidiéndole ayuda. Aquello estaba mal, pero Bruno tenía que aprender a defenderse. Lo hacía por su bien.

—¡Vamos, Bruno! —le animó Alan—. Tú puedes, tío. En el fondo es solo cruzar.

Bruno meditó durante unos momentos y se armó de valor para ponerse en pie.

—Solo cruzar —dijo el chico—. No pienso entrar.

Bruno se dio la vuelta, dándoles la espalda a ellos, y comenzó a caminar por el tronco. Dio un paso, después otro. Ninguno de los tres se podía creer que el chico lo estuviera haciendo. Alan observó cómo la cara de Lucas adquiría un nuevo tono de frustración.

—¡Eso es, Bruno! —continuó animando Alan.

De repente, Lucas pegó un chillido.

—¡La criatura! ¡Miradla, está ahí! —dijo señalando a uno de los extremos—. ¡Está ahí!

Todos alzaron la vista al lugar que señalaba Lucas. Bruno se asustó tanto que intentó darse la vuelta, pero resbaló con el tronco y se cayó al arroyo. Por suerte, las aguas de aquel río no eran nada profundas y Bruno aterrizó en una de las charcas. Lucas estalló en carcajadas, acompañado de Nico.

—¡Que era broma, macho! —exclamó Lucas sin dejar de reírse.

Alan corrió hasta la orilla para ayudar a Bruno.

—¡Parece que te has meado! —se burló Nico señalando los pantalones mojados del chico.

Cuando Alan le ofreció la mano a Bruno, este se la cogió con recelo.

—Me voy a casa a cambiarme...

—¿Quieres que te acompañe? —preguntó él.

—No, no hace falta —contestó Bruno, sin mirarle—. Ya soy mayorcito.

Cuando desapareció entre las ramas del bosque, Lucas se volvió hacia él.

—Solo te hace caso a ti, ¿eh? Hasta que se lo has dicho tú, no ha cruzado.

—¡Igual está enamorado de ti! —soltó Nico.

Entre risas, Lucas y Nico emprendieron el camino de vuelta a la cabaña. Alan les seguía unos pasos por detrás, sintiéndose un poco culpable por lo que había ocurrido. No. Bruno no estaba enamorado de él. Pero sí que entre ellos había otra clase de amor: eran como hermanos.

* * *

Aquella mochila había vivido con él numerosas caminatas y excursiones. Había sufrido lluvias y días soleados; paseos por el barro y tormentas de arena. Y es que la vieja mochila de Alan llevaba aguantando desde antes de que Bruno y él llegaran a Nelbajo. Así que no dudó en contar con ella para aquella aventura.

Cargó la mochila con una botella de agua grande, un par de linternas con pilas y algún tentempié. Alan entró a hurtadillas en la habitación de sus padres y hurgó en el armario en busca del casco que su padre se llevaba siempre a la mina. Estaba a punto de anochecer, así que tenía que salir de casa de forma sigilosa, sin que sus padres se enteraran. Sabía que se iban a preocupar. Sabía que igual no volvía a casa nunca más. Pero Alan no podía quedarse de brazos cruzados. Sin saber dónde estaba su amigo.

Consiguió salir de la casa sin llamar la atención y fue directo a las profundidades del bosque. Tardó poco más de diez minutos en llegar al tronco que cruzaba el arroyo.

El cielo se tiñó de un color naranja que, poco a poco, iba adquiriendo un tono morado. La temperatura cada vez era más baja y el arroyo se encontraba cubierto por una fina sábana de vaho.

«Vamos, Alan —pensó—. Tú puedes.»

Tenía que dejar de observar aquella mina o si no se le haría de noche y le daría más miedo entrar, así que se armó de valor y agarró una de las ramas salientes del tronco para subirse a él.

Pero justo en ese momento algo tiró hacia atrás de su mochila y lo lanzó contra el suelo.

—¿Se puede saber qué cojones estás haciendo? —le gritó Lucas.

Alan se levantó enseguida, haciendo caso omiso del matón. Por un segundo había pensado que la criatura del bosque lo había encontrado.

—Voy a ir a buscarle.

—No vas a cruzar ese tronco.

—Impídemelo —le contestó Alan.

Lucas volvió a agarrarle, esta vez de las correas de la mochila, y le lanzó hacia el interior del bosque. Sus manos se hundieron en la fría nieve que abrazaba la base de la orilla del arroyo y notó que se le clavaba algo en la palma de la mano. Ignorando el dolor, se levantó lo más rápido que pudo y avanzó decidido hasta Lucas. Cerró el puño y descargó toda su fuerza en la mejilla del chaval. El golpe le tumbó, pero Alan no esperó a que se levantara: agarró a Lucas del abrigo y le volvió a propinar otro golpe.

—¡Está ahí por nuestra culpa! ¡Todo esto es culpa nuestra! Y te juro que como le haya pasado algo...

—¿Qué vas a hacer? —le interrumpió Lucas, luciendo una sonrisa manchada por la sangre de los golpes.

Alan le soltó de golpe y se alejó unos pasos. ¿Cómo no le podía afectar lo de Bruno? ¡¿De verdad le daba igual?!

—Nosotros no le obligamos a entrar, Alan —dijo Lucas mientras se levantaba y se limpiaba con la manga la sangre de la nariz—. Lo hizo porque tú se lo dijiste.

Alan no daba crédito. ¡Quería hacerle a él responsable de lo de Bruno!

—Además —continuó—, como se te ocurra ir a buscarle, tú también desaparecerás y entonces sí que no podremos irnos. Sin él estaremos mejor, Alan. ¡No eres su padre!

Lucas era un egoísta y un manipulador consentido. Ahora se daba cuenta. Si alguien le llevaba la contraria, hacía todo lo posible por reducirle y domarle... o bien sacrificarle.

—¿Sabes, Lucas? —dijo por fin—. ¿Sabes por qué voy a buscarle? Porque sé que él haría lo mismo por mí si fuera yo el que estuviera en esa mina.

Alan se acercó de nuevo a Lucas, le miró a los ojos y le preguntó:

—¿Lo harías tú?

Aguardó una respuesta, pero Lucas no fue capaz ni de contestar ni de sostenerle la mirada. A Alan no le hizo falta más prueba que aquella para saber quién era su verdadero amigo. Orgulloso y lleno de valor, se subió al tronco, pero antes de dar el primer paso se dio cuenta de algo.

—Tenéis razón. No es culpa vuestra que Bruno esté ahí. Es mía —confesó—. Por haberme dejado comer la cabeza por dos personas tan cerradas, manipuladoras y malcriadas como vosotros. No os merecéis a Bruno. Es demasiado bueno para vosotros.

«Y espero que me pueda perdonar.»

Con aquel pensamiento, Alan se dio la vuelta y comenzó a cruzar el tronco hasta el otro lado del arroyo. Era la primera vez que pisaba aquel suelo. Nunca había estado tan cerca de la cueva. Las rocas parecían más pequeñas de lo que de verdad eran y la entrada, que estaba medio cubierta, llegaba casi hasta los tres metros de altura.

La luz crepuscular bañó el cielo de un color rosa y por uno de sus extremos comenzó a teñirse de azul. Dentro de nada sería de noche y era de esperar que aquella fuera la última vez que viera atardecer. La garganta de la mina lo recibió en silencio, puede que la criatura le estuviera esperando. Puede que Bruno también.

Alan agarró una de las linternas de su mochila, la encendió y se metió por uno de los huecos entre las vigas de madera.

—Aguanta, amigo —susurró—. Ya voy contigo.

* * *

El día que Bruno desapareció comenzó como cualquier viernes. Las clases en la escuela del pueblo terminaban al mediodía y mientras algunos alumnos se quedaban a las actividades extraescolares, otros empezaban a disfrutar del fin de semana. La nevada que cayó días atrás dejó el pueblo aislado, así que hasta que las máquinas quitanieves no llegaran para hacer su trabajo, nadie podía salir de allí.

Al terminar las clases, Lucas invitó a Alan y a los demás a pasar la tarde en su casa. Hacía demasiado frío para estar jugando y charlando en la cabaña.

—¿Nos vemos en una hora, de acuerdo? —dijo Lucas.

Sin embargo, justo cuando se fue Bruno, Lucas les agarró a él y a Nico.

—Tengo que contaros una cosa —confesó—. Mi padre me ha dicho que si este verano queréis venir con nosotros a Menorca, podéis.

—¡¿Qué me dices?! ¡Qué pasada! —exclamó Nico—. A mí, si no me queda ninguna, no creo que haya problema.

—¿Solo vosotros tres?

La voz de Bruno hizo que se volvieran de golpe, sorprendidos.

—Pues espero que os lo paséis de muerte —añadió, enfadado.

—¡No, Bruno, espera! —dijo Alan—. Seguro que hay hueco para uno más, ¿verdad, Lucas?

—Pues la verdad es que no, Alan. Mi padre me ha dicho que solo dos...

Alan estaba convencido de que eso era mentira. Solo una excusa para dejar a Bruno fuera del plan.

—¿Y por qué Alan en vez de yo? —preguntó entonces el chico, y Alan sintió como si le hubieran dado una patada en el estómago.

¿Cómo que *él* en su lugar? ¿Estaba loco? Definitivamente, Bruno era tonto. Por un instante quiso gritarle que no caía bien a la gente, que no estaba invitado y que dejara de meterse en cosas que no le correspondían. ¡Ese podía ser su primer verano sin padres! ¡Sin Bruno! ¿Y él quería ir en su lugar? De ninguna de las maneras.

—Pues es que... —comenzó a decir Lucas.

—No pintas nada en este viaje —le interrumpió Alan.

El silencio que siguió a aquel comentario dejó claro que nadie se esperaba tal respuesta por parte de Alan.

—Me refiero a que... Aunque tengamos los cuatro la misma edad eres muy... pequeño, tío. Vamos a beber, conocer chicas, eso...

—¡Yo puedo hacer todo eso, os lo prometo!

—Mira Bruno, perdóname, pero si no eres capaz de cruzar el tronco y entrar en la mina abandonada, ¿cómo no te vas a acojonar cuando hagamos espeleología o buceo? No queremos quedarnos sin actividades por tu culpa.

El mundo pareció detenerse en un instante, y la mirada de su amigo pasó de la tristeza y la súplica, al odio.

—Eres un cabrón.

No fueron las palabras, sino el tono que utilizó Bruno lo que hizo que Alan se quedara atónito y sin respuesta. Era la primera vez que le hablaba así.

Entonces recordó la presencia de Lucas y Nico a su lado y se obligó a fingir una risotada.

—No soy un cabrón. Soy realista y sé que, si vienes, nos vas a dar el viaje.

Bruno guardó silencio. Alan vio que apretaba los puños y marcaba la mandíbula. ¿Sería capaz de pegarle? Por el bien del crío, esperaba que no.

—¿Y qué hago? ¿Me quedo yo aquí todo el verano solo?

—Yo no me voy a quedar aquí contigo solo porque no tengas amigos...

Alan sabía que aquellas palabras eran una flecha directa a los sentimientos del chico, pero estaba harto de tener que cargar con él. Estaba cansado de no encajar en el grupo por su culpa. Lucas y Nico le querían, pero no soportaban a Bruno. Y, sobre todo, estaba harto de ser el que siempre le defendía porque el chico no tenía el valor para enfrentarse a ellos.

Los ojos de Bruno seguían mirándole con odio, esperando a que dijera algo más. ¿Por qué no se iba? Por una vez que quería que se marchara llorando, el muy estúpido no lo hacía.

—¿Qué más quieres que te diga, Bruno? —dijo Alan—. Cuando seas de otra manera, podrás venir con nosotros.

—¿Qué tengo que hacer para demostrarte que puedo ir?

Aquello pilló a Alan por sorpresa. Se volvió para ver a Lucas y Nico, que observaban la situación con los ojos como platos. Lo que ninguno de ellos dos se había atrevido a decirle a Bruno, lo había hecho él.

—No se trata de demostrarlo, se trata... —intervino Lucas.

Pero Alan no le dejó continuar. Él se había metido en aquel lío y tenía que arreglarlo solo.

Conocía lo suficientemente bien a Bruno para saber que si le proponía algo imposible, el chaval se rendiría y acabaría cediendo y pasando del tema. Aquello era igual que los pulsos o las cosquillas que se hacían de pequeños. Siempre que Bruno insistía, Alan le cansaba hasta que dejaba de hacer fuerza.

—Vale, ¿quieres venir al viaje? —dijo Alan, resolutivo—. Ve a la vieja mina y tráenos una pepita de oro. Solo una. Si lo consigues, podrás venir. ¿A que sí, Lucas?

Lucas dudó unos instantes, pero Alan le guiñó un ojo y este se animó.

—¡Claro! Al fin y al cabo, si entras en esa mina, serás capaz de cualquier cosa, ¿no?

—Sabes que mis padres no me dejan, Alan —protestó el chico.

—¡Ya estamos! ¿Lo ves? —le respondió él—. ¡Tus padres tampoco te van a dejar beber! ¡Ni los míos! Pero a veces queremos hacer cosas que los mayores no quieren que hagamos.

El pequeño Bruno se quedó meditando aquello. Y a continuación, sin decir nada, se dio media vuelta y se marchó.

—Madre mía tío, vaya movida —confesó Nico—. ¿Crees que lo hará?

—¡Qué va! Si por eso se lo he dicho, para quitárnoslo del medio.

—Has hecho bien, Alan. Y tienes razón en todo lo que dices. Ya se le pasará el cabreo —le felicitó Lucas—. ¿Nos vamos?

* * *

El olfato fue el primer sentido que estudió la mina. Un asqueroso olor a humedad impregnaba y cargaba el aire. Con cada paso que daba, el sonido del arroyo se iba desvaneciendo y el silencio que gobernaba en aquel lugar maldito se iba volviendo más y más ensordecedor. No se atrevía a inspeccionar con la linterna los laterales de aquella garganta y se limitaba a enfocar al suelo que tenía delante suyo para no tropezar.

Unos barrotes de metal se interpusieron en su camino. Aquella sería la puerta tras la que encerraron al niño Cristín antes de que la montaña les sepultara en su interior. Alan observó que estaba abierta y aquello le tranquilizó porque significaba que alguien la había cruzado. Si ese alguien era Bruno o la criatura, era otro asunto.

Las oxidadas bisagras que sujetaban aquellos barrotes de metal chirriaron cuando empujó. Atrás dejaba la tenue luz del anochecer. El arroyo apenas se escuchaba ya y lo único que rompía aquel silencio tan aterrador eran su respiración y el crujir de sus pisadas.

«No pasa nada, Alan. Todo va a salir bien.»

Del suelo comenzaron a surgir unos raíles enterrados que se extendían por la oscuridad de aquella garganta que se inclinaba levemente hacia las profundidades de la montaña.

«Seguro que Bruno los ha seguido», dedujo. Sin pensarlo dos veces, Alan tomó ese camino.

Ojalá no se le apareciera la criatura, ojalá encontrara pronto a Bruno. Pero había algo en aquel lugar que le decía que no estaba solo. Tenía la sensación de que le estaban observando. Quizá era todo culpa de su imaginación, fomentada por aquella terrorífica leyenda. Alan no se atrevía a mirar atrás. No quería hacerlo. La criatura seguro que era silenciosa y probablemente ya sabría que estaba en sus dominios. Pero sus intenciones eran puras. Solo quería recuperar a su amigo. Alan intentaba convencerse de que la criatura notaría aquello y le dejaría pasar y caminar por los túneles sin hacerle daño.

Un gruñido metálico hizo que Alan se detuviera de golpe. El sonido venía de más adelante. ¿Sería una advertencia de la criatura para que se marchara? Igual estaba a tiempo de darse media vuelta y salir con vida de allí. Pero Bruno... No. Si Bruno había seguido, él también tenía que hacerlo.

—¡Solo quiero recuperar a mi amigo! —dijo Alan a la oscuridad.

Y la oscuridad pareció escucharle.

El eco de sus palabras resonó por todo el túnel, perdiéndose en la negrura. A los pocos segundos, la cueva le contestó con un segundo gruñido más débil. Alan no sabía si era la forma de darle la bienvenida o, por el contrario, de advertirle por segunda vez de que estaba tentando a la suerte. Optó por creer lo primero y siguió avanzando.

Con cada paso que daba, mejor escuchaba otra clase de ruidos que antes no percibía. Sonidos de tuberías, de cadenas, corrientes de aire que emitían silbidos en la oscuridad.

La inclinación de la garganta mermó y Alan se topó con la primera bifurcación. ¿Qué camino habría tomado su amigo?

—¡Bruno!

Gritar aquel nombre hizo que la montaña volviera a rugir. ¿Por qué no contestaba? ¿Es que acaso la criatura no le dejaba? ¿Estaría utilizando a su amigo de cebo? ¿Se lo habría comido? ¡No! Debía mantener la calma. Encontraría a Bruno.

Alan estudió ambos caminos con la linterna. No había mucha diferencia entre ellos, salvo por la inclinación: mientras que uno bajaba, el otro seguía todo recto. Ser hijo de padre minero le daba ventaja en aquel lugar y sabía que si habían construido más túneles que descendían hacia las profundidades de la montaña, implicaba que abajo debía de haber oro.

Emprendió de nuevo el camino y cuando apenas había dado una docena de pasos, se topó con una vagoneta descarrilada que obstruía la ruta. Alan estudió aquel carro de metal oxidado y con mucho cuidado intentó cruzar por encima de él. Fue entonces cuando vio unas huellas en el suelo. Alguien había pasado por ahí, pero eran demasiado profundas y grandes para ser de Bruno.

El terror se apoderó de él y los nervios le jugaron una mala pasada, haciendo que el chico tropezara y rodara pendiente abajo. Solo dio un par de vueltas, pero fueron suficientes para que la linterna se le escapara de las manos y acabará en un punto más abajo. Dolorido, se arrastró hasta ella. Pero en cuanto la sostuvo en la mano, la linterna se apagó.

Alan intentó encenderla de nuevo, pero no había forma. Ya fuera por el golpe o por la maldición de aquel lugar, había dejado de funcionar. Sin ver absolutamente nada, se desprendió de la mochila y hurgó en ella en busca de la otra. Palpaba la botella de agua, la bolsa de snacks... ¡Pero no encontraba la linterna! ¿Dónde la había puesto?

Algo crujió cerca de él. Notó que el ambiente se cargaba. Había algo más allí, con él. Podía sentirlo, no estaba solo. Incluso en aquella oscuridad podía distinguir aquella figura a pocos metros. Y le miraba. Le estaba mirando. Le estudiaba. Alan estaba seguro de que era la criatura. El niño Cristín era real. Y seguramente se habría comido a Bruno y ahora le devoraría a él.

Las lágrimas comenzaron a surcar las mejillas de Alan. El miedo que sentía en aquel momento le impedía moverse. Sus dedos se aferraron a algo que tardó en reconocer: la linterna de repuesto. Si la encendía igual asustaba a la criatura. O quizá todo lo contrario... No sabía qué hacer, pero tampoco tenía muchas opciones.

Alan se armó de valor, respiró hondo y encendió la linterna apuntando directamente a la figura. Ante él se encontró con un viejo cartel de madera en el que pudo leer GALERÍA ESTE. Sus músculos se relajaron de golpe y soltó una risotada nerviosa. «¿Qué me está pasando? —pensó—. ¡Relájate, Alan! ¡Estás delirando!»

Volvió a colocarse la mochila y se acercó al cartel. Sabía que en las galerías guardaban lo que encontraban en las minas, así que tomó aquella dirección.

Las paredes del túnel se ensancharon y el techo se hizo

más alto, hasta que la estrecha garganta dio paso a una cavidad bastante más amplia. Alan estudió las paredes de la galería y comprobó que había varias vagonetas vacías y estanterías con diversos materiales mineros que desconocía. Le llamó especialmente la atención un trozo de piedra que había sobre uno de los estantes, pero cuando fue a cogerlo se dio cuenta de que era un trozo de hueso.

Y entonces volvió a escuchar aquel crujir de pasos. Procedían del extremo opuesto. ¿Sería su imaginación? No, no lo era porque volvieron a crujir. Esta vez más cerca. Algo venía hacia él. Cada paso que daba, sonaba más apremiante. Alan no se atrevía a enfocar con la luz, solo quería esconderse y que todo pasara de golpe. La criatura estaba tan solo a unos metros y él no se podía mover. La escuchó entonces jadear y respirar. Y se imaginó a aquella bestia blanca de ojos negros relamiéndose con su presencia. Solo estaba a unos pocos pasos. Pronto notaría sus garras desollándole.

Alan se armó de valor por última vez y apuntó directamente hacia la oscuridad.

Y entonces descubrió que la criatura en realidad no era más que un niño cubierto de mugre, con el pelo desaliñado y las ropas manchadas de barro. Sus ojos no eran negros, sino verdes. Y su piel no era blanca, sino morena. Habría reconocido aquella cara en cualquier lugar.

—¿Bruno?

Las pupilas de su amigo se empequeñecieron al entrar en contacto con la luz de la linterna y la desesperación en su rostro dio paso a la alegría.

Alan fue directo a abrazar a su amigo. Se aferró a él con tanta fuerza que le daba igual si la cueva se caía sobre ellos o que la criatura apareciera y se los comiera.

—La he encontrado, Alan —dijo el chico con una sonrisa cansada.

Alan se despegó de él y entonces vio que su amigo sostenía en su mano una pequeña pepita de oro.

—La he encontrado —repitió.

Alan comenzó a llorar. No había forma de expresar la culpabilidad que sentía en aquel momento. A pesar de haberse perdido por aquellos túneles durante un día entero, a Bruno lo único que le importaba era haber encontrado la pepita de oro para él. ¿Cómo le había podido hacer aquello?

—Lo siento —le dijo entre sollozos—. De verdad que lo siento, Bruno.

Solo quería abrazarle. No pensaba soltarle nunca más. Imaginarse una vida sin él era lo peor que le había pasado. Porque Bruno no solo era su mejor amigo, era lo más parecido a un hermano.

* * *

Cuando salieron de la cueva, ya era de noche. Nico había avisado a los mayores de que Alan había ido a buscar a Bruno al interior de la mina, así que cuando cruzaron el arroyo se encontraron de frente con la mitad del pueblo.

Los padres de Bruno fueron los primeros en reaccionar y correr a abrazar a su hijo, mientras que los de Alan hicieron lo mismo con él. Del mismo modo que la noche anterior el pueblo había enloquecido por la desaparición de Bruno, aquella lo hizo por el reencuentro. Nadie le preguntó por qué se había ido ni qué buscaba en la mina. Tampoco qué habían visto o si la criatura era real.

El pueblo de Nelbajo tenía una leyenda de la que nadie hablaba; una historia de terror que los abuelos contaban a sus nietos para mantenerlos alejados de aquella peligrosa mina. Alan se preguntaría toda su vida si de verdad vio aquella criatura y si de verdad el niño Cristín fue quien le había guiado por los pasadizos de aquel túnel hasta su amigo.

La vida le había dado una segunda oportunidad con Bruno. Y este le había demostrado de lo que era capaz por él. Porque aunque Bruno fuera el niño más inocente e infantil de Nelbajo, también era el chico más valiente y bueno que jamás había conocido. Y con el paso de los años Alan se daría cuenta de una cosa: que aquella noche no solo salvó la vida de Bruno, también salvó la suya.